KB114682

弘源 홍원

신가 新무협 판타지 소설

FANTASTIC ORIENTAL HEROES

흥원 3

신가 新무협 판타지 소설

초판 1쇄 찍은 날 § 2017년 5월 19일
초판 1쇄 펴낸 날 § 2017년 5월 26일

지은이 § 신가
펴낸이 § 서경석

편집책임 § 이지연

펴낸곳 § 도서출판 청어람
등록번호 § 제387-1999-000006호
등록일자 § 1999. 5. 31
어람번호 § 제2-2707호

주소 § 경기도 부천시 부일로 483번길 40 서경B/D 3F (우) 14640
전화 § 032-656-4452 팩스 § 032-656-4453
http://www.chungeoram.com
E-mail § chungeorambook@daum.net

ⓒ 신가, 2017

ISBN 979-11-04-91333-4 04810
ISBN 979-11-04-91291-7 (세트)

※ 파본은 구입하신 서점에서 교환하여 드립니다.
※ 저자와 협의하여 인지를 붙이지 않습니다.
※ 이 책은 도서출판 청어람과 저작자의 계약에 의해 출판된 것이므로,
   무단 전재 및 유포·공유를 금합니다.

弘源

홍원

3

신가 新무협 판타지 소설

FANTASTIC ORIENTAL HEROES

도서출판 청어람

弘源 홍원

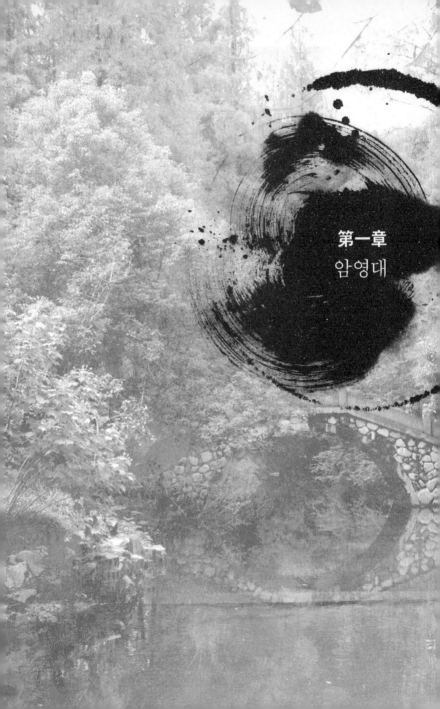

第一章
암영대

유검은 빠르게 움직였다.

향산 동면의 초입까지는 은밀히 움직였으나 향산에 접어든 이후에는 거침이 없었다.

은월이 먼저 지나간 자리에 은밀한 표식을 남긴 덕분이다.

남면에 접어들 때까지 행보에 거침이 없었다.

얼마나 갔을까. 더 이상 은월의 표식이 보이지 않았다.

"여기부터 살펴봐야겠군. 자신이 없는데……."

추적, 잠행은 은월의 특기다.

유검의 특기는 이름처럼 검이었다. 허리춤에서 덜렁거리는 검이 예사롭지 않았다.

천천히 주변을 살피는 유검이었지만 이렇다 할 흔적을 찾을 수가 없었다.

은월이 홍원에게 잡힌 지 벌써 한참의 시간이 흘렀다.

경공을 펼쳐 달린 흔적은 이미 사라지고 없을 시간이다. 유검이 은월과 홍원이 전투를 벌인 장소를 찾아냈다면 몇 가지 흔적은 발견할 수 있었을 것이다. 그러나 그곳은 지금 이곳에서 너무 멀었다.

"후우… 어쩔 수 없군. 그럼 일단 목이문이라는 곳으로 가봐야겠어."

한참을 주변을 살피던 유검은 결국 추적은 포기하고 경로를 바꿨다.

하지만 막막하기는 마찬가지였다.

목이문이 남면 어딘가에 있다는 것만 알지, 어디에 있는지는 몰랐으니까.

계속해서 정처 없이 남면을 헤매야 했다.

"그래도 사람이 있을 테니……."

유검은 기감을 극도로 끌어 올렸다.

그의 특기 중 하나가 기감을 느끼는 것이다. 비은팔호법 중 기감에 가장 예민했다.

유검은 극도로 끌어 올린 기감을 넓게 퍼뜨리며 남면을 움직였다.

얼마나 움직였을까?

기감에 한 무리의 사람들이 느껴졌다. 그리고 유검의 움직임 또한 빨라졌다.

목나격은 열 명의 무사들을 데리고 직접 남면을 살피고 있었다. 얼마 전 홍원의 방문 이후 경각심이 생긴 것이다.

더욱 철저히 살피라는 경각심을 심어주기 위해 오늘은 문주가 직접 나섰다.

그렇게 곳곳을 다니고 있는데, 자신을 향해 빠른 속도로 다가오는 기척을 느꼈다.

"전원 전투 준비."

목나격이 가장 앞으로 나서며 무사들에게 말했다.

적당한 긴장감을 끌어 올리며 앞으로 나타날 인물에 대한 대비를 했다.

'요 근래 방문자가 잦군.'

그 녀석이 온 이후로 방문자가 늘어난 느낌이다. 홍원만 해도 그렇다.

일 년에 한 명의 사람이 들어올까 말까 한 남면이다.

한 달 사이에 몇 번째 방문자인지.

무사들도 모두 긴장했다.

무려 문주와 함께 나온 경계 임무에서 적으로 추정되는 자가 접근하고 있었다.

우거진 나무 사이를 빠져 나온 유검은 열한 명의 사람을 마주할 수 있었다.

그들도 자신의 기척을 느낀 것인지 준비를 단단히 하고 있다.

유검은 양손을 펴고 팔을 살짝 들어 싸울 의사가 없음을 가장 먼저 내비쳤다.

'이들이 목이문의 인물일까?'

의문은 물어보면 될 일이다.

사람이 통과할 수 없다는 남면에 열한 명의 무리라면 아마도 목이문의 사람들이 틀림없으리라.

"나는 유검이라는 무사요. 목이문을 찾고 있소만, 혹시 그곳에서 나오신 분들이오?"

상대의 물음에 목나격의 눈가에 주름이 생겼다.

이곳은 본문에서 굉장히 멀리 떨어진 곳이다. 그것도 가장 바깥 경계의 마을에서 제법 떨어진 위치인 곳이 바로 이곳이다.

한데 그런 곳에서 목이문을 찾는 방문자를 마주하게 되다니.

'내자불선이라.'

남면에서 낯선 이를 마주칠 때면 떠오르는 말이다.

"목이문은 무슨 일로 찾으시는 것이오?"

목나격의 대답에 유검은 상대방이 목이문의 인물임을 확신했다.

포권의 예를 취하며 말했다.

"본인은 천선문의 태상호법께서 목이문의 태상문주께 전하는 서찰을 기지고 온 전령이외다. 부디 목형욱 태상문주를 뵙게 해주시길 부탁드리겠습니다."

유검은 우문기영이 보낸 명령서에 있는 대로 행동했다.

하지만 상대방의 반응이 이상했다.

천선문이란 말이 나온 순간 대번에 적대감을 보인 것이다.

스르릉.

목나격이 검을 뽑았다.

유검의 얼굴에 곤혹스러움이 아로 새겨졌다.

짙은 어둠이 내려 앉아 있다. 드문드문 길가에 켜진 등불만
이 간간히 빛을 발하고 있었다.

사람들은 대부분 잠에 빠져들어 있었다.

고요함이 읍성에 내려 앉아 있었다.

가만히 엎드려 잠을 청하던 묵린의 눈이 슬며시 떠졌다. 그
러고는 귀를 쫑긋거렸다. 코를 킁킁거리면서 냄새도 맡아보더
니 천천히 몸을 일으켰다.

묵린의 시선은 읍성의 북쪽을 향했다.

"자정까지 얼마나 남았지?"

"일각(15분)입니다."

암영대주는 수하의 대답에 주변을 돌아보면서 말했다.

"다들 준비해라."

길가 바위나 나무에 기대서 제각각 휴식을 취하던 암영대의
무사들이 몸을 일으켰다.

각자 나름의 방식으로 굳은 몸을 풀기 시작했다.

작은 성이다.

백오십의 인원이면 충분하리라.

암영대주는 살짝 고민에 빠졌다. 네 곳으로 나뉘어 동서남북에서 치고 들어갈 것인가, 아니면 한곳을 정해서 쓸어 내려갈 것인가.

단리유화가 혹시나 눈치챌 것을 저어하다 보니 읍성 내에서 그녀의 위치를 확인하지 못했다.

읍성 안에 있다는 것만 확인한 상태였다.

'서른 정도면 충분히 상대할 수 있겠지?'

단리유화가 아무리 강하다 한들 암영대 무사 서른이면 충분히 상대할 수 있을 것이다.

그렇게 마음을 먹자 결정을 내릴 수 있었다.

"모두 네 조로 나눈다. 북쪽에 나와 서른 명이, 나머지 동, 서, 남쪽으로 각 마흔 명이 진입한다. 최대한 기척을 숨기고 은밀하고 빠르게 움직이도록."

"목표만을 노립니까?"

"목표만을 노리되 방해물은 모두 제거한다."

암영대주의 명령에 따라 암영대 무사들은 일사불란하게 움직였다.

현재 이들이 위치한 곳은 읍성의 북쪽 성벽 근처였다.

"자정으로부터 정확히 반 시진 후에 일제히 돌입해서 단리유화를 찾는다. 지금부터 움직여."

암영대주의 명령에 무사들이 조용히, 그러나 신속하게 움직였다.

암영대주는 그 자리에 남아 가만히 남쪽의 성벽을 바라보고 있었다.

"부디 단리유화가 조용히 잡혀줬으면 좋겠는데……."

헛된 바람이라는 것을 알면서고 낮게 중얼거리는 암영대주였다.

홍원이 두 눈을 떴다.

묵린의 움직임에 잠이 깬 것이다.

"무슨 일이지?"

홍원이 겉옷을 걸치고 문을 열고 나왔다. 묵린의 머리가 이리저리 움직이고 있었다. 그럼에도 묵린의 시선은 성벽 너머로 고정되어 있었다.

"뭔가 있는 것이냐?"

홍원이 묵린에게 물으며 기감을 퍼뜨렸다.

평소에는 집을 기준으로 반경 십 장(丈: 약 30미터) 정도로만 기감을 유지하고 있었다.

그 정도 거리면 무슨 일이 있든 충분히 대응할 수 있다는 자신이 있었기 때문이다.

반면 묵린은 자신의 감각이 닿는 범위 전체를 항시 느끼고 있었다.

개의 청각과 후각은 사람이 따를 수 없는 초감각이었다.

읍성 전체로 기감을 넓혔으나 걸리는 것은 아무것도 없었다.

묵린의 반응으로 봐서는 분명 무언가가 있을 것이다.

홍원은 감각을 더욱 확장했다.

성벽을 넘어서 더욱더 넓게 기감을 퍼뜨렸다.

조금 부담이 느껴진다 싶은 거리까지 확장을 했을 때 잡히는 것이 있었다.

은밀하면서도 일사불란하게 움직이는 이들과 가만히 멈춰 있는 이들.

그들은 읍성의 성벽을 네 곳에서 포위하듯 움직이고 있었다.

"이걸 느낀 거냐?"

홍원이 묵린을 바라보았다.

"무슨 일인지 모르겠군."

백오십까지 수를 헤아린 후 홍원은 고개를 갸웃거렸다.

저렇게 많은 무림인이 읍성을 저토록 은밀히 찾을 이유가 없었다.

저들의 행동만 보더라도 결코 좋은 목적으로 찾은 것이 아니라는 것을 알 수 있었다.

홍원은 일단 다시 방으로 들어갔다. 기감은 여전히 유지한 채다.

침의에 겉옷만 걸치고 있었기에 일단 옷부터 갈아입어야 했다.

사냥을 위해 준비해 둔 옷으로 갈아입고, 적당히 얼굴을 가릴 복면 같은 것도 준비했다.

그 사이 의문의 사람들은 움직임을 멈췄다.

읍성의 동서남북에 위치한 채 움직임이 없었다.

"네 곳에서 동시에 들어올 모양이군. 그런데 대체 저런 자들이 왜 나타난 거지?"

홍원이 곰곰이 생각을 해보았다.

경천회를 노린 적일까?

모용회주의 두 딸이 이곳에 있었다. 그럴 듯했지만, 딱히 경천회가 적대하는 세력은 없었다.

경천회를 노릴 만한 세력이라고는 사대세력 중 세 곳이다. 현재 절묘한 균형을 이루고 있는 상황에서 먼저 상대를 자극할 바보는 그중 없었다.

"그렇다면 누굴 노리는 거지……."

홍원은 문득 상행을 마치고 동면을 내려오면서 지나친 여인을 떠올렸다.

번뜩 떠올랐다.

그리고 꿈에서 보고 들은 내용들이 머릿속에 주르륵 지나갔다.

"분명 단리유화, 그녀는 죽는다. 선문강이 그녀를 신도 련주 암살 의뢰의 범인이라고 지목하면서 죽였지. 증거들을 천하에 공개하고."

모두 강호를 떠돌며 들은 이야기다.

저 사건이 벌어졌을 때, 꿈속의 홍원은 북해에서 무공 수련에 열중하고 있을 때였으니까.

아귀가 맞아 들어가는 것 같았다.

"결국 그녀를 죽이기 위해 보낸 놈들이군."

홍원은 점점 더 그 꿈이 또 다른 현실은 아닐까 하는 생각을 하게 되었다.

지금 자신이 겪고 있는 일들과 꿈을 비교해 보면, 절대 그냥 꿈은 아니었다.

"그녀가 잡힌 곳이 읍성이었던가?"

다시 한 번 곰곰이 꿈의 기억을 떠올려 보았다.

어디에서 잡혀서 어디에서 죽었는지에 대한 것은 듣지 못했다.

알 수 없었다.

꿈속의 세상에서 죽은 곳이 이곳 읍성이었는지, 아니면 다른 곳이었는지.

지금 단리유화가 읍성에 있는 것이 꿈속과 같은 것인지, 다른 것인지.

"중요한 것은 그게 아니지."

그렇다.

중요한 것은 저들이 자신의 가족과 친구, 지인들에게 해악을 끼치느냐이다.

홍원은 어머니가 주무시는 방으로 조용히 들어가 어머니의 수혈을 짚었다. 홍산과 홍해의 수혈도 짚었다.

혹시 소란스러울지도 모르니, 깊은 잠에 빠져 있도록 조치를 취했다.

집은 아마도 안전할 것이다.

묵린이 있으니까.

홍원이 방을 나왔다.

묵린이 두 눈을 빛내며 홍원을 마주 보았다.

"가족들을 잘 부탁한다, 묵린아."

묵린이 작게 고개를 끄덕인다. 이제 완연히 영물이 된 듯한 모습이다.

홍원은 가볍게 몸을 날려 지붕 위로 올라갔다.

아직 고민이었다.

저들의 행사에 개입을 할 것인지, 말 것인지.

'단리유화, 불쌍한 여인이로군. 사부에게 그 모진 꼴을 당하고, 차도살인지계에 이용당한 후 선문강에게 죽음을 당하고.'

홍원은 단리유화의 사정을 모두 알았다.

죽림으로 단리유화에게 의뢰를 받았기에, 신도운악의 인면수심의 악행을 알았다.

또한 꿈속에서 그녀의 죽음에 대한 내용을 들었기에 그녀의 죽음의 이유도 알았다.

참으로 기구한 운명을 가진 여인이었다.

측은지심(惻隱之心)이 일었다.

그러나 한순간의 감정만으로 움직일 수는 없었다.

일단은 지켜볼 셈이다.

결정은 조금 더 나중으로 미뤘다.

하지만 아마도 끼어들게 될 것 같다는 예감이 들었다.

무려 백오십의 무림인이 읍성으로 진입한다.

저들이 소란을 일으키지 않을 리 없었고, 그 소란에 자신의 지인이 휘말리지 말란 법도 없었다.

홍원은 적당한 긴장감을 유지한 채 읍성 전역에 자신의 기감을 퍼뜨리고 있었다.

축시(丑時).

자정으로부터 정확히 반 시진이 흘렀다.

암영대의 무사들이 동시에 네 곳의 성벽을 넘었다. 성벽을
지키는 병사들 중 그 누구도 그들의 움직임을 느끼지 못했다.

그들은 빠른 속도로 읍성을 누볐다.

그들의 목표는 단 하나.

단리유화였다.

잠에 빠져 있던 호진백이 두 눈을 떴다.

자신의 신경을 건드리는 기척들이 있었다. 침상에서 일어나
검을 잡았다.

그는 항시 무복을 입고 잔다. 언제 적과 싸울지 모른다는 그
의 철학이 만들어낸 습관이다.

방을 나와서 사방의 기척을 느껴본다.

여기저기에서 신경을 거슬리게 하며 움직이는 자들의 기척
이 느껴졌다.

은밀히 움직이고 있었기에 오히려 신경에 거슬렸다.

"쥐새끼들이 들어왔군. 대체 무슨 일이지?"

그들의 움직임을 보아 자신들을 노리고 온 이는 아니었다.

그때 청수신의 맹여립이 문을 열고 나타났다.

"신의께서도 느끼셨습니까?"

맹여립은 고개를 끄덕였다.

[이놈, 어찌 아직 자고 있느냐!]

호진백이 문명후에게 전음으로 호통을 쳤다. 곤히 자다가 갑자기 들려온 호통에 문명후는 부리나케 일어나 밖으로 향했다.

아직 잠이 덜 깬 얼굴로 침의 차림으로 나타난 문명후의 모습에 호진백은 혀를 찼다.

"쯧쯧, 아직 수련이 부족하다."

문명후는 얼굴이 붉게 변했다. 아직 무슨 영문인지 알 수가 없었다.

"쥐새끼들이 읍성에 들어왔다. 우리를 노린 건 아닌 것 같다만, 무슨 일이 있을지 알 수 없으니 준비해라."

호진백의 말에 대경한 문명후는 감각을 끌어 올려 주변을 살폈다.

수상한 몇몇 움직임이 있는 것 같기도 했다.

그 정도가 문명후의 한계였다.

곽휴가 헐레벌떡 호진백에게 달려 왔다. 오늘 야간 경계의 책임자가 그였다.

"쥐새끼들이 읍성에 들어왔다. 혹시 모르니 다들 준비시키도록."

"알겠습니다."

경천회가 자리를 잡은 저택이 바빠졌다.

단리유화는 모처럼의 목욕 덕분인지 깊은 잠에 빠져 있었다.

그녀를 제외하고 읍성의 무림인들은 바쁘게 움직였다.

암영대의 무사들은 점차 목표를 좁히고 있었다.

어차피 그녀가 있을 곳은 객잔이나 주루일 터.

네 방향에서 의심 가는 건물들을 조사하며 움직이고 있었다.

단리유화가 익힌 묵천심법의 패도적인 기운을 찾으면 된다.

묵천심법은 그 지극한 패도적인 성향으로 인해 은연중 주변으로 그 기운을 흘리는 특징이 있었다.

팔성(八成)의 경지를 넘어서야 그 기운을 내부로 갈무리할 수 있으나 단리유화의 성취는 칠성이었다.

묵천붕뢰권과 묵천심법은 한 쌍으로 이루어진 무공이다.

단리유화는 내공의 부족으로 둘 모두 칠성의 벽에 막혀 있었다.

'점점 조여드는군.'

홍원은 지붕 위에서 그런 움직임을 모두 감지하고 있었다.

갑자기 부산해진 경천회 인물들의 움직임, 묵천심법의 기운을 흘리며 세상모르고 자고 있는 단리유화의 상태, 그리고 차근차근 그녀의 기운을 찾아 움직이는 암영대의 기척들.

모두 느끼고 있었다.

홍원의 허리에 매달린 흑운이 달빛 아래 작게 흔들렸다.

서쪽의 성벽을 넘어서 진입한 암영대의 무사들이 빠르게 훑으며 지나쳤다. 일반적인 민가는 무시하고 달렸다.

홍원의 집도 지나쳤으나 그 누구도 지붕 위의 홍원을 발견하지 못했다.

홍원은 살수 시절의 은신법으로 어둠 속에 녹아 있었다.

그런 그들 중 일부가 모용연의 저택으로 향했다.

그들도 느낀 것이다. 그곳에 고수가 있음을.

혹시나 단리유화의 협력자가 아닐까 하는 생각에 사십의 인원 중 스물이 모용연의 저택으로 향했다.

담장을 넘는 그들의 행동에는 거침이 없었다.

저택 내부에 착지한 암영대는 당황했다. 날카롭게 벼려진 무사들이 자신들을 기다리고 있었다.

수적으로도 암영대가 불리했다.

"쥐새끼들이 감히 여기가 어디라고 들어오느냐?"

가장 선두에 선 문명후의 외침이다.

그는 어느새 도를 뽑아 들고 있었다.

스무 명의 암영대는 서로를 돌아보았다. 눈짓으로 충분한 의사소통을 주고받았다.

그들은 검을 뽑아 들고 눈앞의 적들을 향해 돌진했다.

"쳐라!"

문명후의 외침에 백풍대 사 조와 오 조의 무사들과 암영대의 무사들이 부딪쳤다.

챙. 채챙.

검과 검, 검과 도가 부딪히는 소리가 울렸다.

백풍대의 부대주인 남명소까지 해서 모두 스물하나의 인원에 문명후까지 스물둘이 암영대의 스무 명과 싸웠다.

호진백과 맹여람은 뒤쪽에서 모용연과 모용혜와 함께 있었다.

만약의 사태를 대비해 그녀들을 지키기 위함이었다.

"에잉, 설마 이곳에서 이런 일이 있을 줄은 몰랐군."

호진백이 마음에 안 든다는 듯 중얼거렸다.

"그러게 내가 인원을 더 많이 데려와야 한다고 하지 않았느냐."

이어진 호진백의 질책과 같은 말에 모용연은 아무런 대답도 하지 못했다.

변방의 작은 성의 주민들의 삶에 파문을 일으키기 싫어 최소한의 무사들만 데리고 가겠다고 주장한 것이 그녀였다.

그런 생각이 이런 사달을 만들었다.

일단 저택에 침입한 적은 스물이었지만, 더 많은 적들이 읍성 곳곳을 누비고 있음을 그녀도 알고 있었다.

"허허. 설마 이런 일이 있을 줄 누가 알았겠는가. 그저 이곳 사람들을 생각한 연아의 배려였는데."

맹여립이 인자하게 웃으며 호진백에게 말했다.

"이제 며칠 후면 성현성에 백풍대 나머지 여덟 조가 도착할 게다. 그들도 이곳으로 불러야겠어."

만약을 대비한 후발대로 백풍대 나머지 인원이 읍성과 가까운 성현성에 머무르기로 했었다.

아직 그들이 도착하려면 시일이 좀 남았으나, 이런 일이 일어난 이상 그들도 읍성으로 불려야 할 듯했다.

호진백의 그런 말에 모용연은 아무런 말도 하지 못했다.

그저 품에 있는 동생 모용혜를 꽉 안아줄 뿐이다. 모용혜는 이런 일이 처음이었기에 모영연의 품에서 떨고 있었다.

"괜찮아, 혜아. 아무 일 없을 거야. 호 장로님과 신의님께서 함께 계시잖아."

모용연은 따뜻한 목소리로 동생을 달랬다.

"언니……"

모용혜는 그저 더욱더 모용연의 품을 파고들 뿐이다.

도광이 강맹하게 움직이며 어둠을 밝혔다.

문명후의 도가 사방을 쓸고 지나갔다.

단천참마도(斷天斬魔刀).

전 사초와 후 삼초로 이루어진 단천도제 모용백의 성명절기였다.

그중 전 사초가 문명후의 손끝에서 펼쳐지고 있었다.

모용백의 제자들 중 그 기질이 그와 가장 닮은 이가 문명후였다.

그랬기에 대제자인 사도평이 아닌 문명후가 단천참마도를 익히고 있었다. 사도평은 도보다는 검이 더 잘 맞았기에 검법을 익혔다.

비록 강기를 일으킬 정도의 경지에 오르지는 못했지만, 도풍이 휘몰아치는 것만으로도 충분했다.

문명후의 압도적인 무위로 비슷한 수의 암영대를 몰아치고 있었다.

그러나 그것도 잠시.

속속들이 다른 적들이 담을 넘고 있었다.

병기와 병기가 부딪히는 소리가 읍성의 밤하늘을 울렸다.

민가의 사람들이 하나둘 잠에서 깨기 시작했다. 하지만 차마 문을 열고 밖으로 나와 보는 이는 없었다.

그저 방문을 꼭 잡고 공포에 떨 뿐이다.

읍성에 살아오면서 이런 흉흉한 밤이 언제 있었던가.

그들은 제발 빨리 날이 밝기를 기도하며 공포와 싸우고 있었다.

철우도 잠에서 깼다.

고용한 밤을 울리는 병기의 떨림은 철우의 감각에도 잡혔다.

"왜 그래?"

철우의 집에서 신세를 지고 있던 비영이 눈을 뜨며 물었다.

"아무래도 무슨 일이 있는 것 같다. 이리로 와라."

철우는 비영을 데리고 방의 한곳으로 움직였다.

잡동사니가 잔뜩 들어 있는 커다란 상자를 옆으로 밀자 작은 문이 있었다. 문을 열고 아래로 내려가는 계단으로 비영을 내려 보냈다.

"이곳에 숨어 있어."

"넌?"

"상황을 살펴야지. 절대 나오지 마라. 다시 입구를 막아 놓을 거다. 안쪽에 물이랑 간단한 육포 같은 거 놔뒀다. 등불도 있으니까. 숨소리도 내지 말고 숨어 있어."

그렇게 친구를 숨긴 철우는 무복으로 갈아입고 자신의 도를 들고 조심스레 밖으로 향했다.

아무래도 종현이 걱정이었다.

철우는 최대한 기척을 죽이고 조심스레 종현의 집 쪽으로 걸음을 옮겼다. 감각은 최대한 예민하게 벼렸다.

식은땀이 절로 났다.

단리유화가 두 눈을 떴다.

그녀도 병기가 부딪히는 소리를 들은 것이다. 재빨리 옷을 갈아입고 권갑을 챙겼다.

너덜너덜했지만 없는 것보다는 나았다.

최대한 사방으로 감각을 넓히자, 수많은 기척이 느껴졌다.

'무슨 일이지?'

단리유화는 기척을 최대한 지우고 조심스레 방을 나왔다. 아직 이 객잔은 안전한 것 같았다.

일단 상황을 파악해야 했다.

단리유화는 조심스레 객잔 밖으로 향했다. 그녀는 이 소동이 그녀를 노리고 온 암영대 때문임을 알 수가 없었다.

단리유화가 머문 객잔은 읍성 서쪽에 있었다. 동면에서 읍성으로 들어와 객잔을 찾았기 때문이다. 동쪽까지 가기에는 그녀는 너무 지친 상태였다.

서쪽으로 진입한 암영대는 경천회의 일행과 부딪히는 바람에 그쪽으로 모이고 있었다. 단리유화로서는 무척이나 운이 좋은 일이었다.

하지만 다른 세 방향의 암영대가 빠른 속도로 서쪽으로 모이고 있었다.

그들이 지나가는 경로에는 특별한 것이 없었기 때문이다.

어디에도 묵천붕뢰권의 흔적은 없었다.

묵영대주는 가장 선두에서 달렸다. 그가 가장 강했고, 가장 예민했다.

그런 그의 감각에 무엇인가 걸렸다.

현재 전투가 벌어지고 있는 곳과는 조금 떨어진 곳이었다. 그곳에서 패도적인 기운이 희미하게 느껴지는 듯했다.

암영대주는 손짓으로 열 명은 전투가 벌어지는 곳으로 보내고 자신은 나머지 스물을 데리고 자신의 감각에 걸린 곳으로 향했다.

은밀하고 빠르게 움직였다.

감각을 최대한 끌어 올린 채 조심스레 움직이던 철우는 사방에서 빠른 속도로 움직이는 무림인들을 느끼며 마른침을 꿀꺽 삼켰다.

과연 자신이 무사히 종현의 집으로 갈 수 있을지 걱정이었다. 아니, 종현이 무사할지가 가장 걱정이었다.

단리유화는 자신을 향해 다가오고 있는 기척들을 느꼈다.

차분히 내공을 끌어 올렸다.

기척이 가까워질수록 그녀는 확신할 수 있었다.

'저들의 목표는 나다.'

자신과 가까워질수록 속도가 더욱 빨라졌다. 곧장 자신을 향한 적들.

그녀도 자신의 무공의 특징은 잘 알고 있었다.

저들은 자신의 묵천심법의 기운을 읽은 것이 분명했다.

'설마 선문강이 이리 빨리 움직일 줄이야… 내 생각이 안일했어.'

그제야 단리유화는 이 사달이 왜 일어났는지 깨달았다.

'암영대? 묵영대? 흑영대?'

단리유화의 머릿속에 숭무련의 은밀한 무력 부대가 떠올랐다. 이런 일을 벌여서 자신을 잡으러 왔다면 저 세 곳 중 하나일 게 분명했다.

'선문강이 설마 저들 중 하나를 벌써 장악했을 줄이야.'

선문강은 단리유화의 생각보다 훨씬 뛰어나고 훨씬 무서운 인물이었다.

슈욱.

날카로운 바람 소리와 함께 단리유화의 가슴을 노린 검이 어둠 속에서 날아들었다.

달빛에 반짝이는 검날이 잔혹무비했다.

단리유화는 자연스레 몸을 틀어 검을 피했다. 그러고는 주먹을 휘둘렀다.

어느새 스물하나의 적이 사방을 포위하고 단리유화를 향해 달려들고 있었다.

그중 가장 앞에서 검을 휘두르는 이는 암영대주였다.

'암영대!'

단리유화는 적들을 상대하면서 그 정체를 알 수 있었다.

세 개의 무력 부대는 그 병기가 각기 달랐다.

암영대는 검을, 묵영대는 도를, 흑영대는 짧은 쌍검과 비수를 사용했다.

련주의 제자였기에 이런 사정까지 알고 있는 것이다. 아니,

단리유화였기에 알고 있었다.

그녀는 련주의 제자라는 신분으로 접근할 수 있는 련의 모든 정보를 파악하고 있었다. 언젠가를 위한 준비였었다.

'결국 나 때문에 이곳에 평지풍파가 일어나는구나.'

후회가 되었다.

아무리 힘들어도 그냥 향산에서 노숙을 해야 했다.

자신이 이곳에 들어와 쉬는 바람에 암영대가 이렇게 들이닥쳤다.

시기가 너무나 공교로웠다.

지금까지 향산을 헤매다가 딱 하루 쉬러 들어왔는데, 이때에 암영대가 자신을 노리고 오다니.

일단 저들을 끌고 나가야 했다.

이곳에서 이렇게 소란을 피우며 싸울 수는 없었다. 싸움이 커지고 길어질수록, 주민들에게 피해를 줄 뿐이다.

단리유화의 두 주먹에 강기가 맺혔다.

암영대주는 검을 거두고 재빨리 물러났다.

검기로 권강을 상대할 수 없다는 것은 너무나 잘 알았다.

단리유화가 권강을 사용한 이상 최대한 시간을 끌어야 했다. 내공이 바닥이 나 더 이상 강기를 유지할 수 없을 때를 노려야 했다.

단리유화가 노린 것이 그것이었다.

적들이 주춤한 사이 재빨리 몸을 날렸다.

그녀는 곧장 서쪽으로 향했다.

일단 읍성을 떠나야 했다. 그래야 이들이 자신을 쫓아 읍성을 벗어날 것이다.

'그러면 다른 곳의 병기 소리는 대체 무엇이지?'

싸움의 한쪽은 분명 암영대다.

그렇다면 다른 한쪽은 누구일까. 이곳에 암영대를 상대할 수 있을 만한 인물들이 있었단 말인가.

온갖 의문이 머릿속을 헤집었으나, 그 모두가 쓸데없는 것이다.

지금은 읍성을 벗어나는 데 집중해야 한다.

그녀의 권강이 암영대의 무사들을 휩쓸었다. 하지만 제대로 적중된 이는 없었다.

단리유화는 그런 것에 신경 쓰지 않았다.

일단은 읍성에서 몸을 빼내는 것이 먼저였으니까.

암영대주는 그런 단리유화의 의도를 읽었다.

'어떻게 할까?'

그녀는 이곳의 일반 주민들을 신경 쓰고 있음이 분명했다.

곧장 서쪽으로 가려는 그 움직임이 말해주고 있었다.

그냥 그녀의 의도대로 읍성을 벗어나서 포위해서 싸울 것인가.

주변을 신경 쓸 것 없이 포위해서 전력으로 싸우면 되니 수의 우위를 이용하기에 좋았다.

하지만 그건 단리유화도 마찬가지였다.

권강으로 사방을 유린하며 펼치는 묵천붕뢰권이라면 그 피해가 상당할 것이다.

이곳에서 그녀를 포위하고 싸운다면 자신들도 불편하지만

그녀가 더욱 불편할 것이다.

주변의 민가가 부서지든, 사람들이 죽든 암영대에게는 상관없는 일이다.

자신들은 그저 단리유화만 죽이면 된다.

단리유화는 어떨까?

어떻게든 그들을 지키려 하지 않을까?

그녀의 성정이라면 충분히 가능한 일이다.

거기까지 생각이 미치자 암영대주는 결정을 내렸다.

삐이이이익!

어느새 입에 문 호각을 세차게 불었다.

이제 모든 암영대가 이곳으로 모일 것이다.

[단리유화를 포위하고 이곳에서 잡는다.]

암영대주는 전음으로 명령을 내렸다.

권강을 피하며 소극적으로 단리유화를 상대하던 암영대의 움직임이 바뀌었다.

순간 그녀는 당황했다. 서쪽으로 향하는 진로가 막혔다.

'이것들이……'

단리유화의 두 주먹은 더욱 거칠고 강맹하게 움직였다.

퍽. 퍼퍼퍽.

이윽고 그녀의 주먹에서 섬뜩한 파육음이 울렸다. 세 명의 암영대에게 그녀의 주먹이 정통으로 꽂혔다. 그러나 나머지는 아랑곳 않고 단리유화의 길을 막았다.

'점점 더 혼란스러워진다.'

홍원은 가만히 모든 상황을 살폈다.

다행히 아직은 자신의 지인들에게 위해가 가해지거나 하지 않았다.

종현의 집 주위에는 무사들이 아무도 없었다.

'철우야, 그냥 집에 가만히 있어라.'

홍원은 철우가 무슨 생각으로 움직이는지 알 것 같았다. 그가 움직이는 방향이 종현의 집이 있는 곳이었으니까. 철우는 지금 종현의 집에 아무 일도 없다는 것을 알 리 없었다.

계속해서 주변을 살피던 홍원의 귀에 날카로운 호각 소리가 들렸다.

"쳇."

그 순간 낮게 혀를 차며 홍원이 몸을 날렸다. 순식간에 홍원의 모습이 사라졌다.

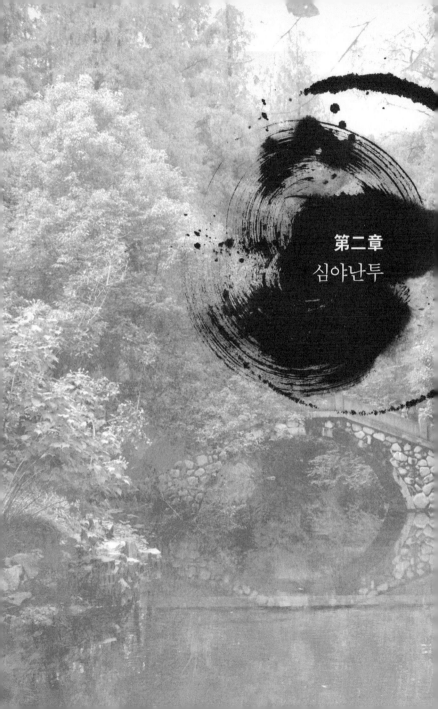

第二章
심야난투

　낮은 토담과 돌담이 밤하늘 달빛을 받아 만들어낸 그림자는 어둠 속에서 더욱 어두웠다.

　철우는 그림자에 몸을 숨긴 채 조심조심 종현의 집으로 움직이고 있었다.

　삐이이익!

　그러던 찰나, 날카로운 호각성이 읍성의 어둠을 뚫고 울렸다.

　사방이 소란스러워졌다.

　조금 전까지 그나마 조심스레 움직인다 싶던 무사들이 이제는 대놓고 빠르게 움직였다.

　사방에서 검은 야행복을 입은 자들이 빠르게 홀쩍홀쩍 움직이는 모습이 눈에 들어왔다.

'무슨 일이지?'

호각 소리가 원인인 듯했다.

종현의 집과 반대 방향으로 야행복의 무리들이 움직였다.

'어쩌면 종현이네 집은 괜찮을지도 모르겠구나.'

그런 생각이 들었다.

"후우."

안도의 한숨을 내쉬며 조심스레 골목의 모퉁이를 도는 순간.

복면 속의 두 눈과 철우의 두 눈이 마주쳤다.

쉬익.

철우가 꽉 쥐고 있는 도를 발견한 순간 복면인은 망설이지 않고 철우를 향해 검을 휘둘렀다.

철우는 본능적으로 자신의 도를 뺐었다.

챙!

검과 도가 부딪힌 소리가 울린다.

운이 좋았다. 엉겁결에 내뻗은 도가 상대의 검을 막았다.

'목 어른께 감사해야 하나……'

목이문에 머무르던 시절. 이것도 수련이라며 목형욱은 철우에게 불시에 공격을 가하고는 했다.

그때는 늘 공격에 당했는데, 이번에는 막았다.

목형욱의 수준 높은 공격에 단련이 된 덕분이다.

'강하다……'

눈앞의 상대를 보는 순간 느꼈다.

상대가 자신보다 강하다.

철우의 무재는 평범했다. 목이문에서 전력을 다해 무공을 배우기는 했지만 고작 오 년간 익힌 무공은 그 한계가 있었다.

예전에 종현은 철우에게 무지막지한 무공을 익혔다고 했지만, 그것은 무공을 모르는 일반인들 기준이다.

피가 튀고, 생명이 스러지는 무림에서 철우의 수준은 잘 봐줘야 일류의 벽에 막힌 이류 정도다.

이 정도 경지에 이른 것도 목형욱 덕분이었다. 오 년간 철우를 혹독하게 수련시킨 덕이었다.

반면에 복면인은 그냥 봐도 일류였다.

복면인은 최대한 빠르게 눈앞의 상대를 처리하고 본대에 합류해야 했다. 그러다 보니 사방을 찔러 들어가는 검이 더욱 매서워졌다.

철우는 최선을 다해서 검을 쳐냈다.

그럴수록 상대의 공격은 더욱 사납게 몰아쳤다.

점차 밀리기 시작했다.

아슬아슬하게 쳐내고 피한 공격이 생기기 시작했고, 여기저기 옷자락이 찢기기 시작했다.

이를 악문 채 복면인과 싸우던 철우는 이대로는 아무것도 안 된다는 생각에, 도를 휘둘러 공격을 시도했다.

가만히 막기만 하다가 힘이 빠지면 그대로 당할 것만 같았다.

철우의 발악과도 같은 공격이었으나 복면인은 손쉽게 그 공격을 흘렸다.

위기가 찾아왔다.

너무 큰 동작의 공격이었기에 철우의 몸이 무방비 상태로 적에게 훤히 노출되었다.

"젠장."

철우는 마지막을 직감했다.

검이 철우의 가슴을 노리고 날아왔다.

철우는 두 눈을 질끈 감았다.

챙!

그 순간 검이 튕겨 나가는 소리가 철우의 귀에 들렸다.

푸욱.

이어지는 파육음.

검이 살을 파고드는 소리다.

'끝이구나.'

자신이 찔렸다고 생각했다. 한데 아무런 통증이 느껴지지 않았다.

무언가 이상하다는 생각에 다시 눈을 뜨려 했으나 철우는 그대로 정신을 잃었다.

옆으로 쓰러지는 철우를 홍원이 한 팔로 안아 들었다.

아슬아슬했다.

호각 소리와 함께 암행의 무리 중 하나가 철우와 경로가 겹치는 것을 알아차리자마자 전력으로 달려왔다.

홍원이 아무리 빨라도 순간의 공격에 철우가 목숨을 잃을 수도 있는 상황이었다.

다행히 철우가 잘 버틴 듯했다.

간발의 차로 적의 검을 막고, 적의 심장을 찔렀다.

워낙 급박한 상황이었기에 몸이 먼저 반응했다. 그리고 철우의 수혈을 짚었다.

홍원은 흑운을 내려다보았다.

새까만 검신은 어둠 속에서 있는 듯 없는 듯했다. 어슴푸레 비치는 달빛에 검게 빛나는 검신은 더욱 깊은 어둠을 보여주는 듯했다.

'너무 튀어.'

흑운을 보며 든 생각이다.

과연 뛰어난 검이다. 실전에 사용하는 순간 더욱 실감했다.

하지만 지금 마구 사용할 수는 없을 것 같았다.

혹시라도 누군가의 눈에 띄어 흑운을 역추적하면 자신이 나올 수밖에 없는 상황이다.

난감했다.

뛰어난 무기가 있음에도 사용하기에 제약이 있다니.

이 좁은 읍성에서는 함부로 휘두를 수는 없을 듯했다.

홍원은 흑운에 묻은 피를 털어내고 검집에 넣어 등에 맸다. 그리고 그 위로 방금 죽은 자의 야행복을 겹쳐 입었다.

적이 떨어뜨린 검을 챙겨들고 복면까지 했다.

철우를 안아들고 그의 집으로 향했다.

그 사이 몇몇 복면인들과 마주쳤다.

그들은 모두 홍원의 검 아래에 쓰러졌다.

철우를 침상에 눕힌 홍원의 시선이 잠깐 바닥에 머물렀다.

비영의 기척이 그곳에서 느껴진 것이다.

잔뜩 긴장하고 있는 듯했다.

그러나 철우가 깨어나면 비영을 챙길 것을 알기에 지금은 조치 없이 조용히 나갔다.

호각 소리는 경천회의 일행도 들었다.

조금 떨어진 곳에서 울린 소리다.

그 소리로 알 수 있었다. 이들은 자신들을 노리고 이곳에 침입한 자들이 아니다.

이 습격을 어떻게든 이겨내고, 반드시 원흉을 찾아내 그 뿌리를 뽑아버리겠다고 마음먹은 호진백의 표정이 혼란스럽게 변했다.

"우릴 노린 게 아니라고?"

사실 생각해 보면 아닌 밤중에 홍두깨 같은 습격이기는 했다.

공격하는 적들이 있었기에 대응을 했는데 저들의 목적은 다른 곳에 있는 듯했다.

경천회의 무사들과 싸우는 암영대 역시 당황하기는 마찬가지였다.

이 작은 성에 이런 고수들이 이만큼이나 모여 있었기에 분명 단리유화와 관계가 있는 자들이라 생각하고 동료들을 모아 계속 공격했다.

단리유화의 흔적만 발견되면 즉시 호각을 불 요량이었다.

그런데 호각이 다른 곳에서 울렸다.

양쪽에 동시에 찾아온 혼란에 싸움이 잠시 소강상태에 접어들었다.

호진백은 고민했다.

보아하니 저들은 호각 소리가 울린 쪽으로 몸을 빼려 하는 기색이다.

그냥 보내줄 것인가.

이미 십여 명의 적들을 처리했다.

하지만 아직 서른에 이르는 적들이 백풍대와 맞서고 있다.

성난 황소처럼 날뛰는 문명후 덕에 아직 호각을 유지하고 있으나 그도 제법 지친 기색이다.

"장로님, 안 돼요."

호진백이 무슨 고민을 하고 있는지 안다는 듯, 모용연이 말했다.

야행복을 입고 복면을 하고 찾아온 무리다. 절대 좋은 의도를 가진 이들이 아니다.

저들이 가려는 곳에 어떤 사람이 어떤 곤경에 처할지 모른다.

자신들이 이들이라도 잡고 있으면 그 사람이 곤경에서 벗어날 확률이 조금은 더 올라가지 않을까. 모용연은 그런 생각을 하고 있었다.

"연아, 우리도 좋은 상황은 아니다."

호진백이 모용연에게 낮게 말했다.

아직 치명적인 부상을 입거나 죽은 이는 없었다. 하지만 다들 크고 작은 상처를 입었고, 제법 지쳐 있었다.

적들은 아직 머릿수가 많았다.

자신들의 위험을 감수하며 누군지 모를 이를 위해 이들의 발을 붙잡을 수는 없다.

그것이 호진백의 생각이다.

이곳에 모용연과 모용혜가 없었다면 달리 생각했을 것이다.

자신들은 경천회의 긍지 있는 무사들이니까.

하지만 회주의 혈육이 둘이나 있다. 그중 모용혜는 얼마 전 병마를 털고 일어나 아직 몸도 약한 상태다.

호진백으로서는 두 사람의 안전을 최우선으로 생각해야 했다.

단리유화는 어떻게든 포위를 뚫고 읍성을 벗어나기 위해 사력을 다했다.

사방에서 모여드는 암영대의 숫자에 더욱 맹렬하게 주먹을 휘둘렀다.

조금씩, 조금씩 서쪽으로 움직였다.

암영대주는 지금 상황이 언짢았다. 예상과 다르게 단리유화의 저항이 거셌다.

벌써 열이 넘는 대원들이 당했다.

포위 공격이라고는 하나 한 명을 둘러쌀 수 있는 인원에 한계가 있다. 단리유화는 그 점을 절묘하게 이용하여 조금씩 움직이고 있었다.

겹겹이 포위해서 그 움직임을 최대한 늦춰야 하는데, 계획대로 진행이 안 되고 있었다.

합류해야 할 인원 중 상당수가 아직 당도하지 않았다.

'그 저택이 어떤 곳이기에…….'

보고는 받았었다. 고수들이 머무르고 있는 저택이 있다고. 단리유화가 있을 것으로 의심되는 곳이라고.

하지만 단리유화는 지금 눈앞에 있다.

그곳을 조사하러 간다고 한 인원 상당수가 오지 않고 있었다.

게다가 다른 곳에서 와야 할 대원도 몇 명이 오지 않고 있다.

처음 계획과는 무언가가 많이 엇나가고 있었다.

단리유화는 전력을 다해 길을 뚫으며 움직이고 있었다. 사방에서 달려드는 검은 무리들을 향해 붉은 권강을 쏟아내고 있었다.

불꽃처럼 타오르는 두 주먹의 위용에 암영대는 추풍낙엽처럼 쓸려 나갔다.

'이제 곧 한계인데…….'

표정은 여전히 도도했지만 내심은 달랐다.

서서히 내공이 바닥나는 것이 느껴졌다.

그러던 찰나 그녀의 귀에 병기가 부딪히는 소리가 들렸다. 어딘가에서 이들과 대적하고 있는 것이다.

멀지 않았다.

단리유화는 진로를 변경했다.

일단 소리가 나는 곳으로 움직여야겠다고 결정했다.

그곳에서 도움을 받을지, 그들에게 피해를 줄지 아무것도 알수 없었다.

하지만 내공이 곧 바닥날 상황에 처하자 그녀는 깊게 생각할 수가 없었다.

"타핫! 홍화만개(紅花滿開)!"

붉은빛을 띠는 권강의 모습이 그 초식명처럼 붉은 꽃이 가득 핀 모습이었다.

한 번에 사방팔방을 점하는 묵천붕뢰권 중의 하나인 이 초식으로 단리유화는 주변의 암영대 무사들을 한껏 몰아붙였다.

순간적으로 터져 나온 파상공세에 단리유화와 암영대 사이에 거리가 벌어졌다.

사이에 있던 대여섯의 적들이 쓰러지면서 만들어진 공간이다. 단리유화는 그곳으로 몸을 날렸다.

계속해서 주먹을 휘두르며 한쪽으로 나아갔다.

암영대의 검이 쉬지 않고 단리유화를 향해 날아들었으나, 어느 것 하나 그녀의 주먹에 상처를 입히지 못했다.

'이제 곧 한계야.'

정말로 마지막 남은 내공을 쥐어짜 권강을 유지하고 있는 찰나, 그녀의 몸 한쪽이 높은 담장에 닿았다.

단리유화는 담장을 등지고 섰다.

뒤쪽에서 사나운 기세가 느껴졌다.

'이곳이다.'

천운이다.

아직 마지막 힘이 남았을 때 그녀는 목적한 곳에 도달할 수 있었다.

한 줌 남은 내공을 모두 끌어 올렸다.

그녀가 펼칠 수 있는 가장 강력한 초식.

묵뢰붕산(墨雷崩山).

사방으로 권강이 날아갔다.

콰콰쾅!

부딪히는 곳곳이 요란한 소리를 울리며 터져 나갔다.

그 와중에 민가로 날아가는 강기가 없도록 절묘하게 조절했다.

강기에 적중된 암영대는 그야말로 녹아내리듯이 쓰러졌다.

단리유화는 몸을 훌쩍 날려 담을 넘었다.

몸을 빼려는 암영대와 그들을 막으려는 경천회의 싸움은 지지부진했다.

양쪽 모두 적을 섬멸하겠다는 의지가 없었기에 서로의 낌새만 살피는 공방이 오가는 중이었다.

그러나 갑작스레 담을 넘어 나타난 여인에 의해, 그 대치는 깨졌다.

단리유화는 바닥에 착지하자마자 한쪽으로 움직였다.

한쪽은 적아를 구분할 수 없지만, 다른 한쪽은 확실한 적이었다.

단리유화는 재빠르게 호진백이 있는 곳으로 몸을 날렸다.

갑자기 나타난 단리유화를 본 순간 호진백은 오늘 이 사달의 원인이 그녀임을 알 수 있었다.

그녀의 뒤를 따라 무수한 인영이 담을 넘었으니까.

"단빙권화(丹氷拳花) 단리유화."

모용연이 그녀를 알아보았다.

그 말에 호진백의 표정이 미묘해졌다.

자신들을 이 사달에 휘말리게 한 원인이 그녀였다. 이곳에
나타났을 때는 당장 그녀에게 일 장을 날리고 싶었다.

이 작은 성에 저 많은 무사들을 끌어들였을 뿐 아니라, 이번
에는 꼬리를 달고 자신들에게 왔으니 그 심정이 오죽하랴.

한데 그 여인이 단빙권화 단리유화라니.

전대 숭무련주의 제자였다.

경천회와 숭무련은 사대세력 중 정도를 표방하는 세력으로
그 관계가 상당히 친밀했다.

경천회와 숭무련의 관계라면 응당 도와줘야 했다.

자신의 별호와 이름이 들리는 순간 단리유화의 시선이 그곳
으로 향했다.

'모용연!'

하늘이 도왔다.

이곳에 경천회의 사람들이 있었다니.

이 년에 한 번 있는 사대세력의 회합이 숭무련에서 있을 때
그녀를 만난 적이 있었다.

회주의 딸과 련주의 제자.

젊은 후기지수들끼리의 친분을 위한 자리에서 나름의 교분
도 가졌었다.

긴장이 풀렸다.

단리유화는 호진백 근처에 당도한 후 풀썩 쓰러졌다.

양손의 권강은 이미 사라졌고, 권갑은 산산조각 나 바닥에 후두둑 떨어졌다.

"단리 언니!"

깜짝 놀란 모용연이 동생을 맹여립에게 맡기고 그녀에게 달려갔다.

바닥에 쓰러진 그녀를 안아 들었다.

탈진해서 쓰러진 것이었기에 정신은 유지하고 있었다.

"오랜만이야, 모용 동생."

"이게 어떻게 된 일이에요?"

모용연의 물음에 단리유화는 희미하게 웃었다.

"미안해… 이렇게 폐를 끼치려고 한 건 아닌데……."

단리유화는 모용연의 부축에 몸을 일으키며 주변 상황을 파악했다.

아무래도 자신 때문에 경천회까지 위기에 처한 듯했다.

모용연이 이곳에 있다는 것치고는 무사들의 수가 너무 적었다.

지금도 속속들이 담을 넘어와 이곳을 포위하는 암영대의 무사들.

단리유화는 이제야 냉정하게 생각을 할 여유가 생겼다.

그리고 후회했다.

'그냥 저들과 싸우다가 죽었어야 했어… 이 쓸모없는 목숨, 악착같이 부지해서 무엇 한다고…….'

생존의 본능이 그녀의 이성을 잠간이나마 지배했었다. 그 결과가 지금이다.

양쪽의 기세가 점차 흉험하게 변했다.

살기와 살기가 부딪혔다.

읍성은 다시 고요하게 가라앉았다. 성 곳곳에서 소란을 일으키던 무리가 지금 모두 이곳에 모여 있다.

어지러이 얽힌 살기의 폭풍이 곧 폭발할 것 같았다.

홍원은 이 모든 것을 근처 객잔의 지붕에서 내려다보고 있었다.

그 누구도 홍원의 존재를 알아차리지 못했다.

'어떻게 한담……'

앞으로 자신이 어떻게 할 것인지는 정해진 듯했다. 그럼에도 홍원은 고민했다.

과연 그렇게 해야 할까.

그 고민이 홍원의 발을 붙잡고 있었다.

그사이 양측의 대치는 일촉즉발의 상황으로 치달았다.

연무장으로 쓸 정도로 너른 마당을 지닌 저택이지만 지금은 암영대가 빼곡히 들어차 있었다.

모용연 마저 검을 뽑아 들고 백풍대에 합류했다.

호진백 역시 자신의 애병인 유엽도를 꺼내 들고 문명후의 곁으로 갔다.

백풍대는 둥그런 방진을 만들고 암영대를 경계했다.

방진의 뒤에는 맹여립이 모용혜를 꼭 안고 있었다. 그 곁에는 단리유화가 탈진해 앉아 있었다.

암영대주는 가만히 그들을 바라보았다.

이미 포위는 끝났다.

'경천회라……'

암영대주 역시 모용연을 알아보았다.

설마 이곳에 경천회의 인물들이 있을 것이라고는 상상도 못했다.

그의 시선이 문명후에게로 향했다.

'거기에 경천맹도(敬天猛刀) 문명후라……'

인원은 적었지만 이곳에 있는 이들이 예사 인물들이 아니었다.

저들 중 하나라도 상하게 했다가는 경천회와 적으로 돌아서게 된다.

다행히 아직 저들은 자신들의 정체를 모른다.

아니, 자신들의 정체는 숭무련에서도 모른다. 자신들은 그런 무력 부대였으니까.

'저들을 뚫고 단리유화를 잡을 수 있을까?'

수많은 생각이 머릿속을 오고 가고 있다.

그가 그런 고민을 하는 동안 양측의 기세는 더욱 흉흉해졌다.

경천회의 인물들이 어째서 이곳에 있는지 알 수는 없었다. 오늘 밤 이런 일이 벌어졌으니, 저들은 이곳을 떠나든지, 아니면 더 많은 무사들을 데리고 오든지 할 것이다.

결국 저들을 압도할 수 있는 기회는 지금뿐이다.

오늘 이 기회를 놓치고 단리유화가 계속해서 저들과 함께한다면 그녀를 처리하는 것은 더욱 어려워진다.

결정을 내렸다.

"쳐라!"

암영대주의 그 짧은 한마디에 절정을 치닫던 흉험한 투기가 폭발했다.

양측이 격렬하게 부딪혔다.

채채챙! 챙챙!

잠시간 읍성을 찾아왔던 고요함은 사라지고 병장기가 부딪치는 소리만이 사방으로 울렸다.

암영대는 거친 살기를 내뿜으며 백풍대에게 달려들었다.

개개인의 무력은 백풍대의 무사들이 조금 더 나았다.

그랬기에 수적 열세에서도 어떻게든 방진을 구성해 버티고 있었다.

그러나 적들의 수가 너무 많았고, 그들은 이미 지쳐 있었다.

방진이 조금씩 뒤로 밀렸다.

"어, 어떻게 해요?"

모용혜는 눈물이 그렁그렁한 채로 청수신의를 올려다보았다.

이 모든 게 자신 때문인 것 같았다.

자기가 읍성에 가고 싶다고 고집을 부려서 이런 흉사에 휘말린 것만 같았다.

단리유화는 고개를 숙였다.

모용혜의 모습을 보니, 이 모든 게 자신 때문이라 면목이 없었다.

"괜찮아, 혜아야. 걱정 말거라."

청수신의가 모용혜의 등을 다정스레 토닥였다.

양측의 치열한 싸움을 보는 그의 두 눈은 깊게 가라앉아 있었다.

'그 친구가 가르쳐 준 검법이 아직 녹슬지 않았어야 하는데……'

청수신의 맹여립은 내심 그리 생각했다.

이대로라면 아무래도 자신까지 검을 들어야 할 것 같았다.

"으윽."

"악."

곳곳에서 신음 소리와 비명 소리가 울렸다.

모두 백풍대의 무사들이다.

적들은 아혈을 짚고 싸우는 것인지, 검에 찔려도 팔이 잘려나가도 신음 하나 내지 않았다.

싸움은 점점 더 치열해져 가고 있었다.

모용혜는 두 눈을 꼭 감고 부들부들 떨고 있었다. 그런 그녀의 뺨에는 쉴 새 없이 눈물이 흘렀다.

홍원은 그 모든 것을 지켜보았다.

아마 저 아이 때문에 그런 생각이 들었을 것이다.

결국 자신이 저들을 도와주게 될 거라는 생각 말이다.

홍해와 홍산의 친구라는 아이다. 그 아이가 지금 노인의 품에 안겨 부들부들 떨면서 눈물을 흘리고 있다.

겁에 잔뜩 질려서 말이다.

그 위로 홍해의 얼굴이 겹쳐지는 것은 너무나 자연스러운 일이었다.

"후우."

낮은 호흡을 뱉어낸 홍원은 검병을 잡았다.

야행복의 무리들이 사용하는 것과 같은 검이다. 등에 맸던 흑운은 풀어서 이곳 지붕에 살짝 놓아두었다.

가볍게 지붕을 박차고 몸을 날렸다.

그의 검에 검기가 맺혔다.

허공을 훨훨 날아 홍원이 전장의 한가운데에 뚝 떨어졌다.

절묘하게 흐름을 끊는 위치를 점했다.

홍원이 나타나는 순간 일시적으로 양쪽의 싸움이 멈췄다.

홍원은 백풍대를 등지고 암영대를 마주 보고 있었다.

암영대의 복장을 한 이가 검을 쥐고 암영대를 마주하고 있다.

모두들 잠시 이게 어찌 된 일인가 파악하느라 손을 멈추는 그 순간.

홍원은 망설임 없이 검을 움직였다.

푹. 푹.

짤막한 파육음과 함께 두 사람이 가슴을 움켜쥐고 쓰러졌다.

너무나 갑작스러운 일이었기에 암영대주는 아직 상황 파악을 하지 못했다.

홍원은 주저 없이 움직였다.

고민은 이미 이곳에 오기 전에 끝냈다. 결정을 내렸으면 단호하게 움직이면 된다.

홍원은 허공보의 보법을 밟아 움직이며 암영대 사이사이를 누볐다.

검이 한 번 움직일 때마다 한 명이 쓰러졌다.

"저, 저놈부터 막아라!"

암영대주가 그제야 정신을 차리고 명령을 내렸다.

암영대는 일사불란하게 검진을 형성하며 홍원을 막아섰다.

그러나 부질없는 행동이었다. 홍원은 절묘하게 검진의 허점을 파고들었다.

홍원은 진법에 대한 식견은 없었다.

단지 그들이 진법을 형성함에 따라 움직이는 기운을 보고 그 허점을 찌른 것이다.

향산에서 산의 길을 보는 것과 같이 진법의 기운이 보였다.

예전에는 이런 일이 없었다.

어찌 된 영문인지 궁금했으나, 그건 차후에 천천히 고민해 볼 문제다.

홍원의 손과 발은 계속해서 움직였고 그에 따라 검이 어지러이 사방을 점했다.

"저자는 대체……."

호진백은 멍하니 그런 홍원의 움직임을 바라보았다.

갑자기 뚝 떨어져서는 적들을 베어 넘기는 그 신위에 입을 다물 수가 없었다.

간결하고 깔끔했다.

망설임이 없고, 단호하고 강했다.

경천회의 사람들은 여전히 방진을 형성한 채 그런 홍원의 무위를 넋을 잃고 바라보았다.

암영대는 백풍대에게 신경을 쓸 겨를이 없었다.

곳곳을 헤집으며 검을 휘두르는 적을 막기에 정신이 없었다.

네 방위에서 홍원을 향해 검이 날아들었다. 홍원은 전방과 좌측에서 날아오는 검을 쳐내고 그 사이로 몸을 날렸다.

순식간이라 홍원을 공격하던 넷은 그 움직임을 놓쳤다.

검이 튕겨 나간 둘은 왜 그렇게 됐는지 알 수 없다는 모습이었다. 그 사이 홍원의 검이 그들 넷을 휩쓸었다.

추풍낙엽.

너무나 진부한 표현이지만, 딱 그랬다.

그 말 외에는 달리 표현할 말이 없었다.

모용연은 멍하니 그 모습을 바라보았다. 어느새 검도 아래를 향하고 있었다.

"어디서 갑자기 저런 자가 나타난 거지?"

초점을 잃는 눈동자가 잘게 떨렸다.

그 움직임이 너무나 아름답고 유려해 환상과도 같았다.

칼을 휘둘러 사람을 베고 찔러 죽이고 있는데 어찌 아름답다고 느낄까.

홍원의 두 눈은 무심히 가라앉았다.

그저 단순 반복적으로 암영대를 베어내고 있었다. 지금 홍원의 눈빛은 죽림의 눈빛이었다.

'싫다.'

검을 휘둘러 한 사람의 삶을 앗는 게 싫었다.

그래서 결국 이리될 것을 알면서도 마지막의 마지막까지 고민한 것이다.

홍원의 손짓에 수많은 생이 그 삶을 마감하고 있었다.

철우를 지키기 위해 처음 검을 찔렀을 때, 이미 각오한 일이다.

그랬기에 검을 휘두름에 망설임 따위는 없었다.

그러나 홍원의 검에 쓰러지는 이들이 많아질수록 그의 눈빛은 더욱 깊게 가라앉았다.

벌써 반절에 가까운 인원이 홍원의 손에 목숨을 잃었다.

'뭐냐! 저 괴물은!'

암영대주는 자신의 두 눈을 믿을 수가 없었다.

어떻게 저런 인간이 있을 수 있단 말인가.

수많은 자신의 부하들을 베어 넘기면서, 정작 옷자락 하나 베이지 않았다.

이대로는 아무것도 안 된다.

계속해서 저자와 싸우는 것은 개죽음밖에 되지 않을 것 같았다.

단리유화를 몰아붙일 때나, 경천회의 인물들과 싸울 때나 상대가 지쳐간다든지, 상대가 타격을 입고 있다든지 하는 것이 보일 때나 승부를 거는 것이다.

지금 저 괴물은 처음이나 지금이나 한결같다.

무심히 검을 휘둘렀고, 수하가 쓰러졌다.

암영대주는 이를 악 물었다. 그리고 결정을 내렸다.

이대로 이곳에서 전멸당할 수는 없었다.

"모두……."

막 명령을 내리려는 순간.

괴물의 검이 변화했다.

홍원은 더 이상 이런 감정을 느끼고 싶지 않았다. 적들이 알아서 물러가 주길 바라며 손속을 더욱 잔인하게 했건만.

부나방 같은 적들은 끊임없이 달려들었다.

'압도해야겠군.'

이미 충분히 압도하고 있었다.

단지 홍원만이 이곳의 사람들이 자신을 어떻게 여기고 있는지 느끼지 못할 뿐이다.

"난화."

낮은 읊조림과 함께 홍원의 검이 어둠 속에 꽃을 피워냈다.

한 번의 초식이었음에도.

순식간에 서른의 인원이 쓰러졌다.

이제 남은 인원이 서른 정도다.

막 후퇴 명령을 내리려던 암영대주는 멍하니 그 모습을 바라보았다.

순간 넋을 놓았다.

이런 일이 가능하단 말인가.

눈으로 보고도 믿을 수가 없었다.

그것은 경천회 쪽의 인물들도 마찬가지였다.

모두들 두 눈을 크게 뜨고 있었다.

"후, 후퇴하라!"

뒤늦게 암영대주의 명령이 터져 나왔다.

그 명령이 나오자마자 암영대의 무사들은 일사불란하게 저택의 담을 넘었다. 그리고 곧장 읍성 밖으로 도주했다.

암영대주 역시 전력을 다해 달렸다.

꽉 문 이가 으스러질 정도다.

이런 어처구니없는 일이라니… 보고를 해도 과연 선문강이 믿을까 의문이었다.

홍원은 굳이 도망치는 적들을 쫓지 않았다.

그저 기감을 넓혀 그들이 읍성을 벗어나 멀어지는 기척을 쫓았다.

읍성에 숨어든다면 마저 처리할 생각이었다.

그러나 다행히 그들은 성벽을 넘어 사라졌다.

홍원은 늘어뜨린 채 쥐고 있던 검을 바닥에 놓았다. 검은 바닥에 그대로 박혔다.

암영대가 떠나고도 한참 동안 제정신을 찾지 못하고 있던 이들이 검이 바닥에 박히는 아주 작은 소리에 퍼뜩 현실로 돌아왔다.

"저……"

모용연이 무언가 말을 건네려는 순간.

홍원은 훌쩍 몸을 날렸다. 흑운을 회수한 홍원은 그대로 읍성을 벗어났다.

잠시 마음을 진정시켜야 할 것 같았다.

지금 홍원의 두 눈은 죽림의 눈이었기에. 동면에 들러 살기를 가라앉히고 집으로 돌아가야 할 듯했다.

그렇게 암영대와 홍원이 떠난 저택은 수많은 시체와 함께 경천회의 일행만 남았다.

한편 곁에 단리유화는 그제야 정신을 잃었다. 긴장이 풀리면서 정신을 놓아버린 것이다.

"허어… 이게 대체……."

호진백은 고개를 절레절레 저었다.

"저 사람, 어쩌면 아버지보다 강할지도 모르겠어요. 사형."

모용연의 나직한 말에 문명후는 고개를 저었다.

동의할 수 없었다.

적어도 문명후에게 있어 사부는 천하제일인이었다.

모용연은 몸을 돌려 동생에게로 다가갔다. 아직도 겁에 질려 있는 모용혜를 진정시킬 요량이었다.

언니가 다가오자 모용혜는 냉큼 그 품에 안겼다.

"언니! 무서웠어요! 엉엉엉."

그러고는 소리 내서 대성통곡을 한다.

모용혜의 울음소리에 이곳 사람들은 하나둘 현실을 제대로 인식했다.

맹여립은 착잡한 얼굴로 주변을 돌아보았다.

갑작스레 이게 무슨 일인가 싶었다.

그래도 다행이었다.

다친 이는 있으나 죽은 이가 없었다. 만약 죽은 이가 있었다면 모용혜의 마음이 크게 다쳤으리라.

그 아이는 무가의 자식이나, 아직 무림에 발을 디디기에는
어리고 순수했다.

'그나저나 그 검의 움직임은……'

맹여립은 그 무시무시한 검을 펼치던 남자의 모습을 떠올렸다.

아름답기까지 하던 그 검의 움직임.

그리고 마지막의 그 압도적인 공격.

낯설지 않았다.

하지만 그 사실을 입 밖으로 내지 않았다.

그저 혼자 생각할 뿐이다.

그렇게 깊고도 치열했던 밤은 천천히 아침을 향해 나아가고
있었다.

第三章

무유팔절검해

목나격이 한 발 앞으로 나섰다. 나머지 무사들은 천천히 사방으로 움직이며 유검을 포위했다.

나무가 **빽빽**한 이곳 남면에 이런 공터가 있는 것이 신기했다.

유검은 아마 이들이 자신의 기척을 느끼고 일부러 이곳에서 기다렸을 거라는 생각했다.

이곳은 목이문의 사람들이 남면 요소요소에 여러 가지 목적으로 형성해 둔 공간이었다.

때로는 경계 임무 중의 휴식처로, 때로는 이렇게 소수의 적을 포위해 공격하는 용도로 사용했다.

"저는 친교의 뜻을 가지고 온 전령입니다. 그렇게 적대하지 않으셔도 됩니다."

유검은 다시 한 번 양손을 펴 보이며 조심스레 말했다.

이들의 기세가 이런 말 한마디에 바뀔 것 같지는 않았지만, 최대한 충돌은 피해야 할 것 같았다.

목나격은 대답하지 않았다.

검을 곧추세운 채로 한 발 더 유검을 향해 나아갔다.

그 모습에 유검은 어쩔 수 없다는 듯 손을 내렸다. 그의 오른손이 검병을 잡았다.

팽팽하게 서로의 기세가 부딪쳤다.

먼저 움직인 쪽은 목나격이었다.

목나격은 유검을 정확히 적으로 인식했기에 그 손속에 공격에 망설임이 없었다.

유검은 섬광 같은 발검으로 자신을 향해 날아오는 검을 쳐냈다.

목나격은 상대가 쳐낸 힘을 이용해 몸을 돌려 다시금 검을 찔러갔다. 유검은 검을 휘둘러 상대의 검을 쳐냈다.

검과 검이 부딪히며 요란한 소리가 울린다.

목나격의 수하들은 언제든 나설 수 있게 준비된 상태로 두 사람의 공방을 지켜보았다.

목나격의 검은 날카로웠고, 유검의 검은 유려했다.

치명적인 곳곳을 향해 살기 띤 검이 날아왔으나 유검은 부드러운 움직임으로 모두 방어해 냈다.

한결같은 모습의 싸움이었다.

목나격은 쉬지 않고 공격했고, 유검은 방어에만 집중했다.

치열했다.

공격 일변도와 방어 일변도의 부딪침이었으나, 그 누구도 상대를 압도하는 모습을 보이지는 못했다.

일방적인 듯했으나, 팽팽했다.

아니, 목나격보다는 유검이 조금 더 여유가 있어 보였다.

공방이 지속될수록 유검의 고민은 깊어졌다.

상대를 제압할 수도, 그렇다고 계속 이렇게 버틸 수도 없는 상황이었다.

'그냥 이대로 돌아가야 하는가?'

아쉽지만 우문 노야의 명을 완수하지 못할 것 같았다.

상대가 저렇게 공격을 해대는 걸로 보아, 저들은 외부의 누구와도 친교를 맺을 생각이 없어 보였다.

'노야께서 일을 너무 쉽게 생각하셨어.'

묵형욱의 이름을 대면 쉽게 만날 수 있을 거라 했지만, 지금 자신을 맞아주는 것은 저 살기 흉흉한 검이다.

유검은 주변을 슬쩍 둘러보았다.

이미 자신에 대한 포위가 완성되어 있었다.

그러나 지금 상대와 자신의 공방에 살짝 방심한 듯한 기색이 보였다.

'일단 빠져나가야겠군.'

은월의 흔적을 발견하지 못했으나, 어떻게 된 것인지 대강 추측할 수 있을 듯했다.

아마 저들에게 붙잡혔거나 변을 당했으리라.

은월은 비은팔호법 중에서도 가장 약했다. 암행, 정탐, 경공이 특기였다.

지금 상대하는 자는 은월로서는 죽었다 깨어나도 이기지 못했으리라.

검을 부딪치고 있기에 알 수 있었다.

유검의 검의 움직임이 변했다.

방어만 하던 검이 공세를 취하기 시작했다.

목나격이 조금 밀렸다.

"일절간해(一絶艮解)."

유검의 절기 무유팔절검해(無圉八絶劍解)의 첫 초식이 펼쳐졌다.

끊임없이 이어지는 검영을 만들어내며 주변을 부드럽게 감싸 안은 검이 목나격을 조여들어 왔다.

그 모습에 목나격은 두 눈을 부릅떴다.

유검의 검법에 경각한 듯했으나, 그것은 그 위력에 대한 것이 아니라 검법 자체에 대한 것처럼 보였다.

"산뢰(散雷)."

짧은 한마디와 함께 목나격은 지금까지 중 가장 강맹한 기세를 내뿜는 검을 사방으로 흩뿌렸다.

날아가는 검기마다 노란 뇌기를 머금은 공격이었다.

쾅!

두 공격이 부딪히는 소리가 요란히 울렸다.

갑작스레 그 속성이 변한 공격에 유검은 이번 공격으로 몸을 빼내려는 시도를 실패했다.

그 자리에서 두 발자국 정도 뒤로 물러섰다.

손바닥에 둔중한 울림이 남아 있었다.

'이 정도라니.'

내심 놀랐다.

"너는 누구냐?"

그때 처음으로 목나격이 대화의 의도를 내비쳤다.

"아까 말씀드렸다시피 천선문에서 온 유검이라 하오."

유검의 말에 목나격의 표정이 이상하게 변했다.

"천선문이 분명한가?"

확인하는 듯한 물음이다.

"그렇소."

유검은 고개를 끄덕이며 단호하게 대답했다.

"그런데 어찌 어르신의 검법을 익히고 있는 것이지?"

목나격이 의심스럽다는 얼굴로 물었다.

무유팔절검해(無圍八絶劍解).

홍원의 사부였던 자의 절기였다.

목나격의 물음에 유검은 갑작스레 무슨 소리인가 하고 고개를 갸웃거렸다.

그러나 이내 경악했다.

자신의 검법과 같은 검법을 익힌 사람.

그리고 다른 이가 그 검법을 보았을 사람.

그의 기억에 그런 사람은 한 사람뿐이었다.

어린 시절 그 환상적인 검무를 보고 자신이 이 검법을 익히겠노라 정하지 않았던가.

"설마 그 어르신이란 분이 백리 사숙을 말하는 겁니까?"

유검이 다급히 물었다.

아주 오래전 천선문을 떠나 지금까지도 그 행방을 모르는 사숙이다.

천선문의 사람이라면, 천선제일인으로 꼽는데 주저함이 없었던 어른이다. 이제는 문에서 잊힌 듯했지만 유검은 아니었다.

돌아온 상대의 물음에 목나격은 얼떨떨했다.

그러고 보니 어르신의 이름을 몰랐다.

"네가 말하는 백리 사숙이란 분이⋯ 무유검선 어른을 말하는 것이냐?"

무유검선(無囿劍仙) 백리평.

벌써 수십 년 동안 오천존의 일좌를 차지하고 있는 무림의 절대강자이자 홍원의 사부였다.

어느 순간부터 그 위명만 남아 있고 그 행적을 찾을 수 없게 되었으나, 그 누구도 오천존에서 일선을 제외하지 않았다.

심지어 그의 죽음을 알고 있는 경천회에서조차 그 사실을 숨기고 있었다.

그 위명이 남아 있는 것만으로도 천하에 미치는 영향이 거대한 사람이었다.

목이문에서는 그저 검선 어르신이나 어르신으로 지칭을 했기에 백리평의 성조차도 몰랐다.

"그렇소."

유검은 단호하게 답했다.

목나격으로서는 믿지 않을 수가 없었다. 유검이라는 사내는 자신의 검법으로 증명을 했다.

그가 보여준 초식은 분명 무유검선의 그것과 같았다.

물론 위력이나 완성도에서는 검선의 그것에 미치지 못했지만 말이다.

일전 찾아왔던 검선의 제자라는 홍원조차 보여주지 않은 검법이었다.

홍원으로서는 당시 천선을 익히는 데 집중하였던 터였고, 가지고 다니던 병기도 창이었기에 무유팔절검해를 사용할 이유가 없었다.

목나격이 그 사실을 알 수 있을 리 없었다.

혼란스러웠다.

홍원은 지난번에 천선문의 사람이라며 한 사람의 구속을 부탁했다.

그런데 천선문에서 왔다는 유검이라는 자는 검선 어르신을 사숙이라 칭한다.

홍원과 구속된 자, 그리고 저자는 모두 한 사문이라는 이야기인데, 홍원은 그에 대해 일언반구도 하지 않았다.

오히려 홍원은 천선문을 조심하라고 조언하기까지 했다.

자신의 사문인데 왜 그랬을까?

수많은 의문이 떠올랐다.

목나격은 이곳에서 자신이 결정할 사안이 아님을 느꼈다.

"서신을 주시오. 그리고 이곳에서 기다리시오. 아마 하루쯤 걸릴 거요."

목나격의 어조가 바뀌었다. 그에 유검은 안도했다. 그 말 속의 적대감이 사라진 것을 느낀 것이다.

유검은 품에서 우문기영이 보낸 서신을 꺼내 목나격에게 건넸다.

목나격은 수하들을 남겨둔 채 목이문으로 향했다. 목나격의 뒷모습을 보며 유검은 공터 가장자리의 바위에 등을 기대고 바닥에 털썩 주저앉았다.

그러고는 품에서 육포를 꺼내 먹었다. 갑자기 허기가 몰려온 탓이다.

목나격의 부하들은 유검과 일정 거리를 두고 그를 지켜보았다.

앞으로 하루 동안 이렇게 있어야 할 듯했다.

목나격은 빠르게 달렸다.

자신이 문주이기는 하나, 자신 혼자 결정할 사안이 아니었다. 아버지와 의논을 해봐야 할 듯했다.

서신 자체도 아버지에게 온 것이지 않은가.

숲의 길로 들어서서 전력을 다해 땅을 박찼다.

축시가 됨과 동시에 시작된 읍성의 난리는 이제 완전히 끝났다.

꼬박 한 시진 반이 걸렸다.

인정 시(새벽 4시경)가 되어야 읍성에는 다시금 밤의 고요가 찾아왔다.

이제 조금 후면 새벽이다.

읍성 주민들의 길고 긴 밤이 그 끝을 보이고 있었다.

홍원은 동면의 그 골짜기 아래에 도착했다.

복면과 야행복을 벗어서는 삼매진화로 태워 날렸다.

가부좌를 틀고 앉아 무유심법을 운용하기 시작했다. 그렇게 몸을 휘돌던 내력은 곧 천선심법의 경로를 따라 움직이기 시작했다.

홍원의 몸에 가득하던 살기가 천천히 가라앉았다.

오 년의 살수 생활이 가지고 온 진득한 살기였다.

'이제 이 살기를 어떻게든 빼내야겠어.'

강호에서 살 거라 생각했기에 살기에 대해 심각하게 고민하지 않았다.

살수를 그만두고 세월이 흐르면 천천히 엷어지다가 종래에는 사라질 거니까.

한데 이제 상황이 달라졌다.

고향에서 그냥 조용히 살기 위해서라면 이 살기를 빨리 빼야 할 것 같았다.

오늘 같은 일이 언제 또 있을까마는.

정말로 만에 하나, 이런 일이 또 벌어졌고, 지금처럼 살기를 풀풀 날리는 모습으로는 가족들에게 다가갈 수 없을 듯했다.

사람의 생명을 앗는다고 절로 살기가 이는 것이 아니다.

가슴속 깊은 곳에서 뿜어 나오는 살심이 만든 살기였다.

그냥 마음을 비우고 죽여 달라고 하니 죽인다는 생각을 가지고 살수로 살았다면 오히려 이런 일이 없었을지도 모른다.

하지만 홍원은 그러지 않았다.

죽림은 죽어 마땅한 악인에 대한 청부만 받았다.

그들의 천인공노할 악행들에 대한 내용을 보고 듣다 보면 절로 가슴속에서 살심이 치밀어 올라 살기로 화했다.

청부 대상자를 처리할 때는 그 살기를 벼리고 벼려 없애 버렸다. 그리고 대상자의 목숨을 처리하는 순간, 그 살기가 폭발했다.

청부자들에 대한 측은지심이 살심으로 변해 살기로 화하다니.

홍원도 이렇게 될 줄은 몰랐었다.

'감정이입이 너무 심하네. 후우… 아직도 이걸 못 고쳤으니.'

홍원의 천성이었다.

그런 천성이 만들어낸 살기다.

모용혜의 얼굴에 홍해의 얼굴이 겹쳐지는 순간, 홍원의 살기가 눈을 떴었다.

이제는 살기를 버려야 할 때다.

무유심법으로 시작해 천선심법으로 이어진 내력의 일주천이 끝나자 어느 정도 살기가 진정이 되었다.

홍원은 자리에서 일어나 흑운을 뽑았다.

가슴속 깊은 곳에 심마와 같이 자리 잡은 살기를 빼내는 데 좋은 방법을 알고 있었다.

천선을 수련하느라 그동안 잊고 있었던 사부에게 배운 검.

무유팔절검해(無囿八絶劍解).

홍원의 손끝에서 흑운이 천천히 그 검로를 따라 움직이기 시작했다.

얽매임이 없이 부드럽게 움직이는 검.

그저 주변에 순응하며 그 흐름에 따라 움직이는 정적이면서도 만변(萬變)의 길을 가는 검.

그동안 천선에만 빠져서 너무 오랫동안 이 녀석을 잊고 있었다.

그 순응의 움직임에 홍원의 몸에 가득하던 살기가 천천히 몸 밖으로 흩어졌다.

가슴속 깊은 곳에 있는 것까지는 무리이나, 이번 싸움으로 들끓어 올랐던 살기들은 천천히 몸 밖으로 사라지고 있었다.

일절간해(一絶艮解)부터 팔절건해(八絶乾解)까지.

여덟 초식의 검해를 모두 풀어냈다.

홍원의 두 눈은 다시금 맑게 변해 있었다.

그 사이 동녘 하늘이 어스름히 밝아오고 있었다.

이제 그만 집으로 돌아갈 때다.

홍원은 골짜기 위로 몸을 날렸다. 읍성으로 향하니 어느새 성문에 수문병들이 나와 있었다.

읍성 근처에 다다르자 진시 초를 알리는 종소리가 아스라이 귀에 들렸다.

어머니께서 일어나실 시간이 지났다. 전날 밤에 홍원이 수혈을 한 번 짚었기에 아마 아직은 잠에 빠져 있으실 터다.

홍원은 기척을 숨기고 은밀히 담을 넘어 집으로 향했다.

잠깐 사이 과연 지난밤의 난리가 어찌 정리될까 의문이 들었으나 애써 무시했다. 이제 자신과는 상관없는 일이다.

그리되어야 한다.

홍원이 집에 도착했다.

역시 예상대로 세 사람 모두 깊은 잠에 빠져 있었다.

묵린만이 눈을 번득이며 앉아 있었다.

주변을 살피니 다행히 이곳으로 침입한 자는 없었다. 묵린을 보며 홍원은 자신이 놓친 것을 알아차렸다.

침입자가 없었기에 망정이지 만약 있었다고 하면 분명 묵린에게 당했을 거다. 그러면 그 흔적이 고스란히 남았을 텐데, 이 시간까지 그 뒤처리를 못 한 셈이다.

지금도 간간히 사람들이 지나다니고 있다. 그러나 걸음을 옮기는 사람들의 얼굴이 무척이나 조심스럽고 겁에 질려 있었다.

어젯밤의 난리 때문이리라.

저런 사람들이 혹여 홍원의 집에 남은 침입자의 흔적이라도 보게 된다면 어떤 일이 일어날까.

'운이 좋았어. 앞으로는 이런 허술한 점이 없도록 더 신경 써야겠군.'

동면으로 가기 전에 먼저 집에 들러서 확인했어야 했다. 이건 전적으로 홍원의 불찰이다.

이번에는 운이 좋아서 아무 일이 없었지만, 다음에도 이러라는 법은 없었다.

홍원은 방으로 들어가 식구들을 깨웠다.

너무 깊은 잠에 빠져 있었던 터라 어머니는 시간을 확인하시고는 깜짝 놀라셨다.

홍원은 그저 몸이 좀 피곤하셔서 그랬나 보다 하고 두루뭉술하게 넘겼다.

어머니는 홍원이 건강을 챙겨준 후로 그다지 피곤함을 느낀 적이 없었기에 무언가 이상하다 하고 고개를 갸웃거렸다. 이내 늦잠을 잔 게 큰일은 아니었기에 그런가 보다 하고 넘어갔다.

늦은 만큼 어머니는 서둘러 아침 준비를 하셨고 홍원은 두 동생을 깨운 후 아궁이에 불을 지펴 동생들이 씻을 물을 데웠다.

"아앗… 추워."

눈곱을 손으로 비비며 마당으로 나왔던 홍해는 찬바람에 깜짝 놀라 다시 방으로 들어갔다.

홍원은 그 모습을 보며 따스하게 웃었다.

가족들을 위해서라도 빨리 살기를 모두 없애야 할 것 같았다.

당분간 천선은 잊고 무유팔절검해를 다시 수련해야 할 듯했다.

오늘 다시 펼치고서야 자신의 무유팔절검해에 변화가 생겼음을 알아차렸다.

그동안의 깨달음이 무유팔절검해에도 영향을 미친 것이다. 어찌 보면 당연한 사실이다.

홍원이 거기까지 신경을 못 쓰고 있었을 뿐.

'그러고 보니 그들은 어쩌고 있으려나?'

홍원은 지난밤의 소란과는 상관없이 여전히 시리도록 푸른 하늘을 올려다보며 단리유화와 경천회의 사람들을 떠올렸다.

그쪽도 지금 정신이 없으리라.

모용연은 정신없이 움직였다.

놀란 동생을 다독여 늦은 잠자리에 들게 했고, 부상당한 무사들을 돌봤다.

그리고 호진백과 함께 뒷정리를 해야 했다.

저택 마당 가득한 시체들.

처리를 해야 했다.

부상자를 돌보는 것을 청수신의가 도와주었기에 모용연은 그나마 몸이 성한 무사들과 시체를 수습했다.

다행히 경천회에서는 사망자가 아무도 없었다.

단리유화는 우두커니 한 자리에만 있었다.

이러지도 못하고 저러지도 못하는 모습이다.

일단 대강이라도 정리가 끝나야 그녀에게 관심을 가질 듯했다.

모용연과 호진백, 문명후는 시체를 처리하면서 혹시 그들에 대한 단서라도 있을까 싶어서 몇몇을 뒤져봤다.

역시나 아무것도 없었다.

이런 은밀한 습격을 한 이들이 자신들의 신분을 나타낼 물건을 가지고 왔을 리 없다.

가지고 있는 병기도 특색 없는 청강장검이다. 시중 대장간에 가면 흔히 구할 수 있는 모양의 검이다.

그들이 사용한 검법도 처음 보는 것이었고, 그들이 펼쳤던 진법도 처음 보는 것이었다.

도무지 알 수가 없었다.

한 가지 알 수 있는 것은 그들이 단리유화를 노렸다는 것 정도다. 하지만 단리유화가 그들에 대해 알고 있을 것이란 기대는 하지 않았다.

그녀가 목숨의 위협을 받고 있다는 걸 알고서도 홀로 다닐 정도로 멍청한 인물이 아니라는 것을 경천회의 사람들은 모두 잘 알았기 때문이다.

날이 밝아올 무렵에야 대강의 수습이 끝났다.

읍성의 성주가 직접 병사들을 이끌고 이곳으로 찾아왔다. 그리고 병사들이 손을 보탰기에 수습을 빨리 끝낼 수 있었다.

관 성주는 간밤의 일에 대한 연유를 알아보려고 이곳을 왔지만, 무거운 분위기에 쉬이 입을 열지 못했다. 그도 눈치라는 것을 볼 줄 아는 인물이었다.

애꿎은 병사들만 재촉해서 시체 처리를 도울 뿐이다.

이렇게 많은 시체들을 보는 것이 처음이었기에, 헛구역질을 하는 병사도 있었다.

처음에는 병사 몇 명만 대동하고 왔던 관 성주가 수많은 시체를 보고 모을 수 있는 병사는 모두 모았다.

그중에는 오늘 비번인 진구도 있었다.

'후아, 이게 다 무슨 난리냐… 역시 무림인은 위험한 족속들이로구나……'

진구는 전날 거나하게 한잔하고 잔 터라 간밤의 난리를 못 느끼고 깊은 잠에 빠져 있었다.

아침에 자신을 찾아온 후임 병사 때문에 잠에서 깨서는 눈곱만 겨우 떼고 온 터다.

그런 그를 맞이한 게 수많은 시체였으니, 깜짝 놀라는 것은 당연한 일이다.

이제는 제법 친해져서 성문을 오가며 가벼운 농담도 주고받던 곽휴가 완전히 다른 사람으로 보였다.

그렇게 추운 아침에 땀을 뻘뻘 흘리며 시신을 옮기던 진구의 움직임이 멈췄다.

저 멀리서 가만히 서 있는 여인에게서 눈을 뗄 수가 없었다.

훤칠한 키에 곧게 편 허리, 작은 얼굴에 시원한 이목구비가 조화롭게 어울려 굉장히 아름다웠다.

"추 조장님! 어서 움직이셔야죠."

후임 병사의 말에 진구는 고개를 세차게 저으며 다시 움직였다.

'아서라, 아서. 진구야, 미쳤느냐.'

그렇게 진구는 단리유화에게서 시선을 떼고는 자신의 일에 열중했다.

진구가 움직인 후 단리유화의 시선이 그곳으로 향했다. 누군가가 자신을 뚫어지게 바라보고 있던 것을 그제야 느낀 것이다.

하지만 단리유화의 눈에 들어온 것은 바삐 움직이는 병사들의 뒷모습뿐이었다.

그렇게 모든 정리가 대강이나마 마무리된 후, 다섯 사람이 한자리에 모였다.

모용연과 호진백, 맹여립, 문명후가 단리유화와 자리를 마련한 것이다.

그들 앞에는 따뜻한 차가 놓여 있었지만 누구도 차에 손을 대지 않았다.

"어찌 된 일이에요? 단리 언니. 이곳에는 어쩐 일이시고요."

모용연이 조심스레 물었다.

잠시 망설이던 단리유화는 아랫입술을 살짝 깨문 후 입을 열었다. 조금 전까지 계속해서 고민하고 생각했다.

어디까지 말해야 할까.

모든 것을 사실대로 말하려면 숭무련의 치부를 모두 까발려야 한다. 경천회의 사람들에게, 경천회주의 딸에게 그렇게 모든 것을 말할 수는 없었다.

그래도 자신은 숭무련의 사람이니까.

'빌어먹을 숭무련.'

자신에게 치욕과 아픔만을 준 곳이건만, 그래도 그 안에서 좋은 인연도 작게나마 있었다고, 그 지옥 같은 곳에 소속감이 생겨 버린 것이다.

"모르겠어, 솔직히. 나도 왜 이런 일이 생긴 것인지… 후우……."

단리유화는 낮게 한숨을 쉬었다. 네 쌍의 눈동자가 그녀를 향해 있었다.

"난 이곳에 영약을 구하러 왔어. 북면에서는 너무 위험해서 동면에서도 가끔 영약을 구할 수 있다는 이야기에… 어제 읍성에 도착해서 오늘 약초꾼을 구해서 함께 동면에 들어가 볼 생각이었어."

"언니가 영약은 왜… 아!"

영약을 구하기 위해 읍성에 왔다는 그녀의 말에 의문을 표하려던 모용연은 곧 입을 닫았다.

그녀의 사정에 대한 것은 사대세력 고위층에서 알 만한 사람은 알았다.

다들 신도 련주를 알 수 없는 사람이라 했었다.

"후계자 다툼이오?"

호진백이 냉철한 얼굴로 물었다.

지금 그녀의 목숨을 노린다면 생각할 수 있는 것은 이것뿐이다.

아직까지 승무련주의 차기 련주는 정해지지 않은 것으로 경천회에서 알고 있었다.

단리유화는 그 물음에 고개를 저었다.

"설마요, 아닙니다. 설사 후계자 다툼이 있다고 해도 저 같은 게 뭐라고 노리겠어요."

단리유화는 처연한 미소를 지었다.

"그리고 이미 새로운 련주님이 추대되었습니다."

그녀의 이어진 말에 네 사람은 모두 놀란 얼굴을 했다. 아직 소식이 전해지지 않았기 때문이다.

"공야무 부련주인가? 태고령 부련주인가?"

이미 두 사람의 세력 싸움에 대해 나머지 삼대 세력에서 파악하고 있던 터였다.

"공야무 련주시죠, 이제는."

단리유화의 대답에 호진백은 고개를 끄덕였다.

"결국 그리되었군. 내 알기로는 자네들은 태고령 부련주 쪽이었다고 들었네만……."

호진백이 은근하게 물었다.

"경천회의 정보 수집 능력이 대단하네요. 말씀대로 저희는 모두 결과에 승복했어요. 그리고 이미 모든 것이 끝난 마당에 절 노릴 이유가 없지요. 아직 련에는 저보다 영향력이 훨씬 큰 사형, 사저도 있으니까요."

이치에 맞는 말이었다.

"그러면 대체 누가 단리 소저를 노린 것일까요?"

문명후의 물음에 단리유화는 고개를 가로저었다.

"저 때문에 여러분께 폐를 끼치게 되어 너무 죄송합니다."

단리유화가 고개를 숙였다.

"아니에요, 언니. 숭무련과 경천회는 서로를 도와야지요."

옆에 앉아 있던 모용연이 그녀의 손을 잡으며 따뜻하게 말했다.

"지난밤, 단리 소저도 많이 힘들었을 테니 일단 좀 쉬는 게 좋겠구만. 우리가 아침부터 너무 주책을 부렸어."

맹여립의 말에 문명후가 시비를 불렀다.

"이분을 쉴 곳으로 안내 좀 부탁하네."

읍성에서 구한 시비인지라 순박하게 생긴 얼굴로 허리를 숙였다.

"언니, 일단 좀 쉬어요. 그리고 나중에 나머지 이야기를 더 하도록 해요."

"고마워, 모용 동생."

그렇게 단리유화가 쉴 곳으로 떠났다.

잠시 후 세 사람의 시선이 모용연에게 향했다.

상대방이 알고 있다면 아무짝에 쓸모없는 능력이지만 모른 다면 생각보다 쓸 만한 능력일 때가 있었다.

"어떻더냐?"

호진백이 물었다.

"무언가 있기는 있어요."

모용연이 답했다.

"결국 모든 것을 사실대로 말하지 않았다는 거로군."

문명후가 딱딱한 얼굴로 말했다.

"그녀는 전대 숭무련주의 제자다. 모든 것을 우리에게 알릴 리가 없지."

호진백은 당연하다는 얼굴로 말했다.

"그런데… 저 언니는 늘 그래요. 가슴속에 무언가를 숨기고 있는 기색이… 항상 있었어요. 만날 때마다 늘요."

모용연이 애매하다는 얼굴로 말했다.

"그래도 오늘은 그 숨기고 있는 느낌이 이전과 다른 걸로 봐서 그때랑은 다른 것일 텐데…….”

말끝을 흐렸다. 이 정도가 그녀 능력의 한계였다.

“허허… 남들이 마음속에 숨기는 게 있는지 없는지 아는 너의 그 쓸데없는 능력이 모처럼 쓸 만하구나.”

호진백이 살짝 웃으며 말했다.

그 말에 모용연이 고운 눈썹을 확 찌푸렸다.

호진백은 늘 모용연의 능력을 말할 때 쓸데없다는 말을 붙였다. 그것이 그녀의 마음을 상하게 했다.

“그렇다면, 어젯밤의 일에 대해서 무언가 숨기는 것이 있다는 것일 텐데… 뭔가 더 느껴지는 것은 없었느냐?”

맹여립의 물음에 모용연은 잠깐 생각하더니 자신 없는 얼굴로 입을 열었다.

“어쩌면 홍수의 정체를 알지도 몰라요. 그 부분에서 무언가가 굉장히 이상한 느낌이 가장 크게 있었거든요.”

“그렇단 말이지?”

호진백이 고민이 많은 얼굴로 물었다. 모용연은 여전히 자신 없는 얼굴로 고개를 끄덕였다.

“일단은 우리와는 상관없는 일입니다. 단리 소저가 휴식을 취한 후 이후의 일을 의논해야 할 것 같습니다. 백풍대 나머지 인원이 도착하면 당장 이곳을 지키는 데는 문제없을 겁니다.”

문명후의 말에 호진백은 고개를 저었다.

“아니야. 청풍대도 불러야겠어. 곧 회에 전서응을 띄우도록 하지.”

그렇게 네 사람의 논의는 끝을 맺었다.

지붕에 가만히 누워 푸른 하늘을 바라보던 홍원도 몸을 일으켰다.

홍원이 그들이 대화를 나누는 방 지붕에 있음에도 누구도 그 기척을 느끼지 못했다. 주변을 경계하는 자들도 홍원을 발견하지 못했다.

아침 식사를 마친 후 습격한 자들에 대한 정보를 얻을까 하고 이곳에 온 참이었다.

일단 모조리 쫓아내기는 했지만 단리유화를 노리고 있는 이상 다시 찾아올지도 모르는 일이다.

"그렇단 말이지… 그러면 일단 단리유화에게 물어봐야 더 정확히 알 수 있겠군. 그나저나 그녀에게 그런 능력이 있는 줄은 몰랐군."

자홍선지초를 구하러 와서 자신을 매섭게 몰아치던 모용연의 모습이 떠올랐다.

그때는 영문을 몰랐는데, 그런 능력을 가지고 있었기에 자신을 도발한 것이었다.

"이젠 알았으니 앞으로는 조심해야겠어."

홍원은 몸을 날려 읍성 밖으로 향했다. 어제 도망친 자들의 흔적을 쫓기 위함이었다.

단리유화는 이미 깊은 잠에 빠졌기에, 그녀에게 묻는 것은 잠시 미뤘다. 그녀의 기구한 사연을 모두 알고 있는 홍원이었기에 그녀가 잠시나마 마음 편히 쉬도록 배려한 것이다.

읍성에서 상당히 멀리 떨어진 곳까지 은밀히 움직인 홍원은 어젯밤의 습격자들이 재습격을 노리고 근처에 숨어 있거나 하는 움직임이 없다는 것을 확인했다.

만약 그랬다면 모조리 처리할 생각으로 찾아왔었다.

그들은 그대로 본거지로 도주한 듯했다.

"숭무련으로 돌아간 것이려나?"

홍원은 북동쪽을 바라보며 중얼거렸다.

"선문강이 보냈을 테니… 숭무련일 텐데… 내 기억에는 없는 자들이란 말이야."

현재의 기억에도, 꿈의 기억에도 없는 자들이었다.

"일단 집으로 돌아가야겠군. 내일쯤에 단리유화에게 물어보도록 하고."

홍원은 더 이상 일이 커지지 않기를 바라면서 집으로 걸음을 돌렸다.

"무유팔절검해를 익히고 있었단 말이냐?"

목형욱이 아들에게 물었다.

"그것이 어르신의 검법입니까?"

목이문에서 그 검법의 이름을 아는 이는 목형욱이 유일했다. 백리평에게 가르침을 얻으며 들은 것이다.

"그렇다."

"검선 어르신을 백리 사숙이라 칭했습니다."

목형욱도 검선의 이름은 몰랐다. 그저 검선 어른이라고만 했으니.

"어르신의 사질이라……."

제자에 이어 사질이 찾아왔다.

그런데 제자가 조심하라던 천선문에서 온 사람이 사질이란
다. 그러면 어르신도 천선문의 사람이라는 뜻.

어르신에게 은혜를 입은 이상 천선문을 함부로 할 수 없었다.
대체 홍원은 왜 그랬을까라는 의문이 생겼다.

"일단 서신부터 보도록 하자."

목형욱은 아들이 전한 서신을 뜯어 찬찬히 읽었다.

"허어……."

서신을 모두 읽은 목형욱이 한숨을 내쉬었다.

"무슨 내용입니까?"

목나격이 궁금하다는 듯 물었다. 목형욱은 대답하지 않고 그
에게 서신을 내밀었다.

목나격이 빠른 속도로 서신을 읽어 내려갔다.

"허어."

그에게서도 똑같은 소리가 새어 나왔다.

"장 공자는 이걸 알고 있었을까?"

"처음 찾아온 자 역시 서신을 전하러 온 자였다면 같은 내용
의 서신을 가지고 왔겠지요."

아들의 말에 목형욱은 고개를 끄덕였다.

"장 공자가 이걸 읽고 알아서 처분한 후 우리에게는 말을 하
지 않은 걸 테지."

"왜 그랬을까요?"

"굳이 알릴 일이 아니라 생각했을 게다. 이무기는 이미 장 공자가 처리하지 않았더냐."

목형욱의 말에 목나격이 고개를 끄덕였다.

"오히려 나는 이들이 어찌 이무기의 존재를 알았는지가 궁금하구나. 우리조차 몰랐던 일이고, 장 공자조차 천신목에 가서야 알아낸 사실이다. 한데 천 리 밖의 이들이 어찌 알고 우리에게 이런 서신을 보낸 것일까?"

"저도 같은 생각입니다. 어르신의 사문이라고는 하나… 무언가 수상합니다."

"내 생각도 그와 같다. 그자는 그냥 돌려보내도록 해라."

"네."

목나격은 곧 유검을 다시 찾았다.

그가 말한 대로 하루 후였다.

"어찌 되었습니까?"

유검이 정중히 물었다.

"서신은 잘 보았소. 하나 그것은 우리가 알아서 할 문제이니 그만 돌아가시오."

목나격의 얼굴에 어린 단호함을 본 유검은 고개를 끄덕였다.

자신이 할 수 있는 것은 여기까지였다.

그는 발걸음을 돌렸다. 아니, 돌리려 했다.

"하나만 여쭙겠습니다."

"무엇이오?"

"백리 사숙께서 귀 문과 인연이 있었습니까?"

검선에 관한 물음이었다.

"그렇소."

"하면 그분의 행방을 알고 계십니까?"

목나격이 고개를 가로저었다.

"모른다오."

"감사합니다."

유검은 정말로 아무 미련 없이 걸음을 돌렸다.

이걸로 자신의 임무는 다했다.

은월을 찾는 것에는 실패했지만, 어찌 되었을지 추측은 가능했다.

오히려 은월의 행방보다 더 중요한 사람의 행방에 대한 단서를 얻었다.

유검은 그대로 천선문으로 향했다.

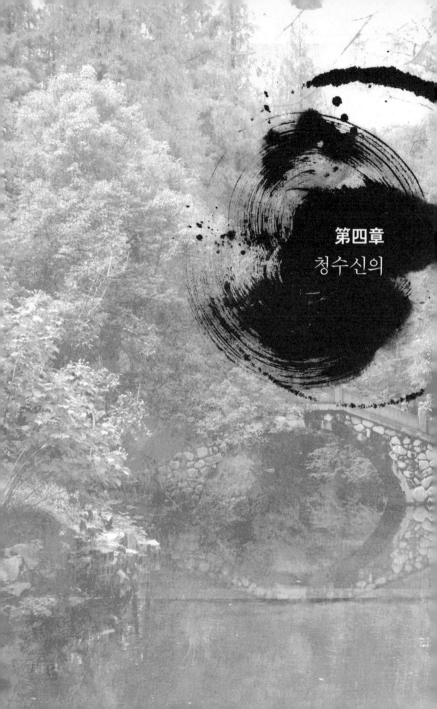

第四章
청수신의

"맹 할아버지, 제발요. 같이 가요."

모용혜가 맹여립의 옷자락을 잡고 떼를 쓰고 있었다.

모용혜는 늦게 잠이 들었음에도 금방 일어났다. 아직 오전인데 어느새 일어나 밖으로 나왔다.

그러고는 청수신의를 찾아 저택 곳곳을 누비다가 그를 발견하고는 이러고 있는 것이다.

"그러니 혜아, 네 말은 네 친구들이 걱정되니 같이 가달라는 거냐?"

"네. 우리 아저씨들도 많이 다쳤는데… 해랑 산이도 다쳤을지도 모르잖아요."

맹여립은 모용혜가 친구들 걱정에 깊게 잠들지 못한 것인가 하는 눈으로 그녀를 바라보았다.

그 마음이 기특하기도 했다.

"알겠다. 마침 이곳 일도 마친 참이니 같이 가보도록 하자꾸나."

그야말로 조금 전에 부상자들의 치료를 마쳤다.

맹여립은 이제 좀 쉬어볼까 하던 차에 모용혜의 방문을 받은 것이다.

그도 나이가 있는지라 조금 피곤해하던 참이었으나, 모용혜의 두 눈을 보니 차마 거절할 수 없었다. 그 마음 씀씀이가 예쁘기도 했다.

"하지만… 그 전에 먼저 허락을 받아야지."

맹여립의 말에 모용혜는 고개를 끄덕이고는 언니를 찾아 작은 발을 바삐 놀렸다.

"그러니까, 해랑 산이 걱정된다 이거니?"

언니의 물음에 모용혜는 고개를 끄덕였다.

"신의 어르신도 함께 가기로 했고?"

다시 한 번 고개를 끄덕이는 모용혜.

모용연은 잠시 자신의 이마를 짚었다. 아직은 어수선한 때다. 이런 때 동생을 내보내는 것은 절대 해서는 안 될 일이다.

그렇다고 무사들을 여럿 함께 보내고 싶어도 부상자들을 빼고 나면 이곳도 일손이 바쁜 실정이었다.

맹여립이 어느 정도 무공을 익히고 있다고는 하나, 강호의 기준으로 일류 정도의 실력이다. 그가 강호에 그 명성을 떨친 것은 뛰어난 의술 때문이다.

하지만 걱정 가득한 눈으로 입술을 꼭 깨물고 자신을 바라보고 있는 동생을 보자니 안 된다고 할 수도 없었다.

지금 이곳에서 몸을 뺄 수 있는 사람은 별로 없었다.

"에휴… 알았다."

그렇게 답한 모용연이 몸을 일으켰다.

별로 할 일 없는 사람 중 하나가 그녀였다. 큰 정리는 끝났고, 나머지 일들은 호진백과 문명후가 처리하고 있었다.

"호 장로님, 헤아와 좀 다녀올게요."

조금 떨어진 곳에서 두 사람의 대화를 모두 들은 호진백은 고개를 끄덕였다.

"곽 조장님! 저랑 함께 좀 가주세요."

곽휴는 모용연의 부름에 그녀 곁으로 다가왔다.

그렇게 네 사람은 홍원의 집으로 향했다.

모용혜의 얼굴엔 여전히 걱정이 가득했다.

"그런데 다행히 아무 일도 없어서… 해랑 산이랑 학관으로 갔으면 어떻게 하지요?"

"집에 있을 거야. 어젯밤 일 때문에 관 성주가 주민들에게 오늘 하루는 가능한 한 집에 있으라고 포고령을 내렸거든."

그 포고령 때문에 진구는 또 바삐 움직여야 했다. 마을 곳곳을 뛰어다니면서 그 소식을 전해야 했으니까.

읍성 제일의 마당발이었기에, 비번임에도 그 일에 또 동원되었다.

"아……."

모용연의 저택에서 홍원의 집까지 그리 멀지 않았기에 금세 도착했다.

집 마당에는 묵린이 늘어지게 하품을 하면서 엎드려 있었다.

"아무 일도 없었던 것 같죠?"

모용혜는 그 모습에 적잖이 안심하며 모용연을 보고 물었다.

"그렇구나."

모용혜는 대뜸 달려가서는 싸리문 앞에서 큰 소리로 외쳤다.

"홍해야! 홍산아!"

모용혜의 목소리에 문이 열리고 홍해가 빼꼼 얼굴을 내밀었다.

"웅? 혜아! 어쩐 일이야?"

홍해가 깜짝 놀라서 그녀에게 물었다.

"걱정되어서… 어젯밤에 괜찮았어?"

모용혜가 홍해를 위아래로 살피며 물었다.

"아, 아까 진구 오라버니가 오셔서 어젯밤에 성에 난리가 났으니 오늘 집에 있으라고 하는 거 듣긴 했는데… 우리 식구들은 너무 푹 자서 무슨 일이 있었는지 몰라."

홍해가 머리를 긁적이며 말했다.

성 사람들이 다 놀란 일이 벌어졌다는데 깊은 잠에 빠져 있었다는 사실이 좀 부끄러운 기색이었다.

"다행이다."

홍해의 대답에 모용혜는 양손을 가슴에 모으고 안도의 한숨을 쉬었다.

그때 홍산도 나왔다.

"무, 무슨 일이야?"

홍산은 아직도 모용혜를 볼 때면 꼭 한 번은 말을 더듬었다.

"우리가 걱정돼서 왔대."

홍해가 대답했다.

"누가 온 거니?"

그때 부엌에서 설거지를 마친 어머니가 모습을 드러냈다.

모용연 일행을 발견한 어머니는 꾸벅 허리를 숙였고, 모용연도 허리를 숙여 인사를 했다.

"저희 애들이 신세를 많이 지고 있습니다. 폐만 끼치는 건 아닌지 걱정이네요."

어느새 싸리문 앞으로 다가온 어머니가 다시 한 번 허리를 숙이며 모용연에게 말했다.

"아니에요, 어머님. 오히려 저희 혜의 좋은 친구가 되어줘서 제가 항상 고맙답니다."

"보아하니 이곳에는 다행히 아무 일도 없었던 모양이구나."

세 사람을 살핀 맹여립이 말했다.

"네, 다행이네요."

모용연의 대답에 홍원 일가의 눈이 맹여립에게로 향했다.

"아, 혹시 다치시기라도 하셨을까 봐 모셔온 분이세요."

"맹 할아버지는 엄청 실력이 뛰어난 의원이세요!"

모용연의 말이 채 끝나기도 전에 모용혜가 끼어들었다.

"아, 그렇게까지 신경 써주시고… 정말 감사합니다."

자신들이 걱정되어 의원까지 모시고 왔다는 말에 어머니는 다시 한 번 허리를 숙였다.

"감사합니다."

"고맙습니다, 언니."

홍산과 홍해도 꾸벅 인사를 했다.

"아닙니다, 어머니. 우리 혜아가 계속 부탁해서 모시고 온 거예요."

모용연의 말에 어머니의 시선이 모용혜를 향했다.

"정말 고맙구나."

"헤헤."

어머니의 인사에 모용혜는 그냥 웃었다.

이제 이곳에 온 볼일이 끝난 듯했다. 모용연이 슬슬 인사를 하고 돌아가려는 찰나, 마당의 묵린이 귀를 쫑긋거리며 벌떡 일어났다.

"왜 그러니? 묵린아? 오라버니가 오시는 거야?"

그 모습에 홍해가 물었다.

'응? 묵린?'

그 말에 맹여립이 반응했다. 처음에는 대수롭지 않게 보았던 개였는데, 이름을 들으니 다시 보였다.

백린이라는 개를 알고 있기 때문인지도 모른다.

맹여립이 묵린을 바라보았다. 그리고 묵린도 맹여립을 봤다.

둘의 눈이 마주치는 순간.

묵린이 움찔했다. 그러고는 이내 고개를 돌렸다.

'흐음.'

뭔가 수상했다, 저 행동이.

"오라버니!"

그때 홍해의 외침에 맹여립의 상념이 깨졌다.

"손님들이 계셨군요."

등 뒤에서 익숙한 목소리가 들렸다.

맹여립이 몸을 돌리려는 찰나 전음이 들렸다.

[오랜만에 뵙습니다, 어르신. 사부님에 대한 이야기는 비밀로 해주십시오.]

그 녀석이 맞았다.

이 아이들이 그 녀석의 가족들이었다니… 조금 놀랐다.

"오랜만이에요."

모용연이 홍원을 보고 인사를 건넸다.

홍원이 천화국에서 읍성에 돌아온 날 만난 이후 이번이 두 번째 만남이었다.

"네, 소저. 오랜만에 뵙습니다."

"허어… 오랜만이구나."

홍원이 모용연과 인사를 나누는 사이 맹여립이 홍원에게 말했다.

그 말에 모용연이 두 눈을 동그랗게 뜨고 맹여립을 보았다.

"이분을 아세요?"

"내 친구의 제자다. 수련을 위해 떠난다는 소식을 들었다만 이곳에서 만날 줄은 몰랐구나."

맹여립의 말에 모용연은 새삼스러운 얼굴로 홍원을 바라보았다.

"오랜만에 뵙습니다, 어르신. 능력이 부족해 무림에는 어울리지 않아 그냥 낙향했습니다."

홍원의 말에 맹여립은 그저 반가운 얼굴로 고개를 끄덕였다.

"그렇다면, 그때……."

모용연은 예전의 기억을 떠올렸다.

홍원을 이곳에서 처음 만난 날.

그에게서 느껴졌던 무언가를 숨기는 듯한 그 느낌.

그건 아마 무공을 숨기려 그랬었을 수도 있겠다는 생각이 들었다. 낙향하여 집으로 왔는데 갑자기 무림인들이 들이닥쳤으니.

"죄, 죄송해요. 그런 줄도 모르고… 전……."

모용연의 말에 홍원은 알 수 없다는 얼굴로 그녀를 바라보았다.

"무슨 말씀이신지……?"

홍원이 되묻자 모용연의 얼굴이 빨개졌다.

그러고 보니, 저 사람은 자신의 능력을 모른다. 그런데 자신은 그냥 냅다 죄송하다고 했으니 그가 영문을 몰라 할 만하다.

평소에 냉철한 자신인데 갑자기 왜 이러는지 알 수가 없었다.

"아, 아니에요. 아무 일 없는 것을 확인했으니 이만 가보도록 하겠습니다. 그럼 안녕히 계세요."

모용연은 꾸벅 인사를 하고는 모용혜의 손을 잡고 서둘러 걸음을 옮겼다.

모용혜는 홍산과 홍해에게 손을 흔들고, 홍원과 어머니께 고개를 숙여 인사를 했다.

"나는 이 아이와 그간의 이야기 좀 하고 돌아가도록 하마."

모용연의 등 뒤로 맹여립의 목소리가 들렸다.

그 모든 것을 담담히 지켜본 홍원은 속으로 미소 지었다.

'의도한 대로군.'

오늘 아침 모용연의 능력에 대해 알게 되었다.

그리고 어젯밤의 습격자들의 흔적을 추적한 후 돌아오며 읍성에 들어왔을 때, 집 주변의 기운을 느꼈다.

모용연과 맹여립, 모용혜의 그것이었다.

홍원도 맹여립이 읍성에 있는 것은 간밤에 알았다. 모용연을 만났을 때 한번 그 저택에 다녀왔을 뿐, 그 이후로는 신경을 끄고 지냈었다.

그리고 어젯밤.

습격자들을 살피다가 모용혜의 곁에 있는 맹여립을 처음 본 것이다.

같이 읍성에 있는 이상, 맹여립을 피할 수는 없었다.

모르면 몰랐으되, 안 이상 그러면 안 된다.

맹여립은 사부의 몇 안 되는 친우 중 한 명이다. 그런 그를 모른 척한다는 것은 사부에 대한 예의도 아니었다.

그래서 사전에 그에게 전음을 먼저 건넨 것이다.

자신의 사부가 맹여립의 친구라 하나, 맹여립은 강호에 친구가 많은 사람이다.

홍원 자신의 사부가 무유검선이라는 사실만 알려지지 않으면 된다.

자신을 그저 무림이 무서운 삼류 무사 정도로만 알면 되는 것이다.

그러면 지난번에 그녀가 느꼈던 것이 자신의 무공에 대한 것이라고 지레짐작할 것이라 생각했다. 과연 그녀는 그렇게 오해를 하고 홀로 허둥지둥하다가 떠났다.

"어르신의 친구분이시라고요."

어머니가 맹여립에게 공경한 자세로 물었다.

그러고 보니 그 대화를 어머니께서도 모두 듣고 있었다.

사부를 은인으로 여기시는 어머니이시니, 당연한 일이다.

"누추하지만 잠시 들렀다 가시지요. 은인의 친구분이 오셨는데 무어라도 대접을 해야지요."

그런 어머니의 행동에 맹여립의 시선이 홍원을 향했다.

홍원은 전음으로 어머니께서 사부를 어찌 여기시는지 간략하게 설명했다.

"감사합니다. 그럼 잠시 신세를 지겠습니다."

맹여립이 안으로 들자, 어머니는 차와 간단한 다과를 내왔다.

'이런 건 언제 준비해 두신 거지?'

홍원도 처음 보는 다과다. 언제 저런 것을 준비해 두신 것인지 새삼스러웠다.

잠깐 시간을 보내고 맹여립이 일어났다.

그 사이 홍원과 나눈 이야기는 소소한 것들이다. 그간 어찌 지냈느냐, 요즘 지내는 데 힘든 건 없냐 같은 오랜만에 만난 사람들이 나누는 안부들이었다.

"누추하지만 종종 들러주세요, 어르신."

맹여립도 어머니에게는 어르신이었다.

"아닙니다, 부인. 과한 대접 감사히 잘 받고 갑니다."

맹여립이 황급히 허리를 숙였다.

"그럼 배웅해 드리고 오겠습니다."

홍원이 맹여립과 함께 집을 나섰다. 어머니는 그 모습을 싸리문 앞에 서서 가만히 지켜보았다.

골목에서 길을 꺾어 두 사람이 사라졌을 때야 어머니는 집으로 들어가셨다.

그 기척을 모두 느낀 홍원은 길을 다시 서문으로 잡았다. 맹여립은 말없이 그 길을 따랐다.

굳이 서로 이야기하지 않아도, 두 사람은 대화하기 편한 조용한 곳으로 가야 한다고 생각하고 있었다.

홍원은 그런 곳을 알고 있었다.

누구의 방해도 받지 않을 곳.

동면의 산길이다.

남면에서는 목이문의 사람이 들어올 수도 있었고, 북면에서는 정령수나 산인이 있었다.

하지만 동면에서 산길을 드나드는 것은 오직 홍원이니 두 사람이 대화를 나누기에 그만한 곳도 없었다.

오래지 않아 동면에 들 수 있었다.

"허어… 이곳에 이런 곳도 있었느냐? 내 읍성에 온 후 동면에는 자주 드나들었는데 처음 보는 곳이구나."

맹여립이 주변을 둘러보며 말했다.

당연했다. 홍원과 함께하지 않으면 들어올 수 없는 곳이니. 하지만 홍원은 그것에 대한 이야기는 하지 않았다.

"어젯밤에, 너였지?"

맹여립이 대뜸 물었다.

"제가 그렇게 강하지 않다는 거 아시지 않습니까?"

홍원의 물음에 맹여립은 씨익 웃었다.

"어젯밤의 그놈이 그렇게 강하다는 걸 네가 어찌 아누?"

홍원의 물음은 시인이나 마찬가지였다.

"어찌 저라고 그렇게 확신하시는지 궁금해서 여쭤봤습니다."

홍원이 마주 미소 지으며 말했다.

"평이, 그 친구가 나에게 검법을 가르칠 때 보여준 검이 있어. 요즘 사문의 비전을 수련하는데 쉽지 않다면서 말이야. 그런데 나 같은 둔재를 가르치다 보니 실마리를 얻었다면서 보여주더구만."

사문의 비전이라면 천선일 것이다.

"그때 보여준 그 검의 움직임과 비슷한 걸 어젯밤에 봤거든. 내가 검에 대해서는 둔재가 맞아서 긴가민가했다. 그러나 좀 전에 너를 보고 확신을 했지."

"사부께서 떠나시고, 유언에 따라 비전을 모았습니다. 그리고 인연이 있었지요."

"그래서 오 년 동안 소식 한 번 안 전한 것이더냐, 섭섭하게. 네가 평이 제자지만 우리 제자나 다름없다 하지 않았더냐."

"그 덕에 어머님을 치료해 드릴 수 있었습니다. 감사합니다."

홍원이 진심을 담아 인사를 건넸다.

"그러고 보니 네 어머니에게서 무량보심단(無量保心丹)의 기운이 느껴지더구나. 네가 연단한 걸 테지."

"네. 약재를 좀 바꿔 쓴 것이 있긴 합니다만… 그렇습니다."

홍원의 사부가 약장수 행세를 하면서 천하를 떠돌 수 있었던 것도 청수신의에게서 어깨너머로 의술을 배운 덕이었다.

신의는 검선에게 의술을 가르치고, 검선은 신의에게 검을 가르쳤다.

서로가 서로에게 둔재라 하면서.

맹여립은 무유검선 백리평을 찾았다가 가끔 의술 공부를 하는 홍원을 보면서 옆에서 툭툭 던지듯 가르침을 주었다.

홍원이 연단법을 익힘에도 알게 모르게 맹여립의 가르침이 많았다.

"한데 그놈은 백린이지?"

"네?"

맹여립의 물음에 홍원이 되물었다.

"네 여동생이 묵린이라 부르던 개 말이다."

"아, 묵린이요?"

이어진 맹여립의 말에 홍원이 고개를 끄덕이자 그는 은근한 얼굴로 말했다.

"시치미 떼지 마라."

"시치미라니요?"

홍원은 계속 모르겠다는 얼굴로 되물었다.

"내가 누구라고 생각하고 계속 속이려 하느냐? 네가 오기 전 나랑 눈을 마주친 그놈, 고개를 돌리는 것이 꼭 백린이 그 녀석 이었어."

맹여립은 홍원을 추궁하는 얼굴로 계속해서 말을 이었다.

"어쩌다가 그렇게 털 색깔이 변한 것인지 모르겠다만… 백린 이 녀석이 맞아. 현청, 그 친구가 향산 북면에서 백린을 보았다 기에 이번 여정에 나도 따라왔다. 백린이 녀석이 여기에 있으면 너도 있지 않을까 해서 말이다."

백린을 통해 갈현청에게 자홍선지초를 보낼 때 이리될지도 모른다고 생각은 했었다.

하지만 청수신의가 직접 찾아올 줄은 몰랐다.

갈현청이 혹시나 하는 마음으로 다시 한 번 찾아오지나 않 을까 했었다.

"향산 북면은 위험하니 절대 가지 말라고 하고, 혹시나 해서 동면을 제법 둘러봤다만 백린이 녀석은 코빼기도 안 보이는 데 다 아닌 밤중에 이상한 녀석들에게 공격이나 받고 말이다."

맹여립의 말투가 어느새 추궁에서 한탄으로 바뀌어 있었다.

홍원은 그저 멀뚱히 그를 바라보며 그의 말을 듣고만 있었다.

"네 집에 가니 백린이 녀석 닮은 개가 있었다만… 덩치는 비슷해도, 털색이 그리 다르니 말이다."

맹여립이 백린을 마지막으로 봤을 때 덩치가 딱 지금 정도였다.

만약 갈현청이 묵린을 봤다면 도무지 백린을 떠올리지 못했을 것이다. 자홍선지초를 전해줄 때의 백린은 덩치가 더욱 커진 상태였으니 말이다.

"그 녀석, 수놈입니다."

홍원이 불현듯 말했다. 그 말에 맹여립의 표정이 묘하게 변했다.

그러고는 기억을 더듬었다.

홍원이 오기 전 바닥에서 벌떡 일어서던 묵린의 모습을 말이다.

그러고 보니 언뜻 보였던 것 같았다.

"그럴 리가……."

맹여립은 이상하다는 듯 고개를 갸웃거렸다.

"확인하신 모양이군요."

홍원은 그 모습에서 맹여립이 묵린의 성별을 제대로 확인했음을 알 수 있었다.

맹여립은 관찰력과 기억력이 매우 좋았다.

병증의 징조를 놓치지 않기 위해서는 사소한 변화도 놓치지 않아야 한다는 것이 신의로서 그의 신조다. 해서 늘 어디를 가나, 무엇을 하든 모든 것을 꼼꼼히 관찰하고 기억하는 것이 그의 습관이었다.

짧은 순간의 움직임이었지만 그는 분명 묵린의 모든 것을 모았고 기억에 새겨두었다.

그리고 새겨둔 기억을 더듬어보니, 있어서는 안 되는 것이 있었다.

"허어… 분명 내 손으로 제거했는데……."

맹여립이 백린을 처음 보았을 때가 백린이 두 살이 되었을 때였다.

정처 없이 떠도는 스승과 제자, 그리고 그들이 데리고 다니는 개.

그때 백린을 굉장히 측은하게 바라보며 말했었다.

"주인을 잘못 만나서 매번 괴롭겠구나……."

그저 백린을 데리고 다니는 두 사람이었다. 배가 고파 보이면 먹을 것을 주고, 쉴 때는 옆에서 함께 쉬고, 잘 때도 옆에서 함께 잘 뿐이다.

그 외의 것은 신경 쓰지 않았다.

그때의 시기가 묘했다.

맹여립이 의술의 경지를 올리기 위해 동물들의 생태에 대해서도 심도 있게 궁구할 때였다.

"괴롭다는 것이 무슨 말인가?"

백리평의 물음에 맹여립은 이리 답했었다.

"동물들은 사람과 달라 발정이라는 것이 오지. 그것은 자연의 섭리야. 자연이 오직 그때만 동물에게 번식을 허락했으니까.

한데 자네와 원이 둘만 따라다니니 발정이 오는 것을 참을 수밖에 없지 않나. 그것이 동물들에게는 보통 괴로운 것이 아니야. 그 괴로움은 건강에 영향을 미치고 온갖 병증을 불러오며, 종국에는 수명도 줄일 수 있어."

굉장히 심각한 얼굴로 말했었다.

"자네 동물도 볼 줄 아는 것인가?"

"근래에 의술이 벽에 막혀 새로운 경지를 위해 잠시 동물들에 관해서도 연구를 했지."

"그럼 어떻게 해야 하는가?"

"발정이 오지 않게 하면 되는 것이네."

홍원은 당시 어린 나이였지만 사부와 맹여립의 대화를 똑똑히 기억하고 있었다.

열다섯 나이에 외로움을 타는 자신을 염려해 데려와 기른 백린이었다.

그랬기에 홍원에게 백린은 가족과 다름없었다.

"발정이 오지 않게 한다고? 그게 가능한 것인가?"

백리평의 물음에 맹여립은 고개를 끄덕였다.

"발정이란 번식을 위한 것. 결국 번식을 하지 못하면 발정을 할 이유가 없지."

맹여립의 말에 백리평이 설마 하는 얼굴로 물었다.

"그 말은 발정을 오지 않게 하는 방법이 거세라는 것인가?"

"그렇다네."

맹여립이 단호한 얼굴로 고개를 끄덕였다.

백리평이 안타까운 얼굴로 백린을 바라보았다. 그것은 홍원
도 마찬가지였다.

어린 홍원이었지만 거세가 무엇을 의미하는지 알고 있었기
때문이다.

"꼭 그래야 하는가?"

"자네가 이 아이의 짝을 함께 데리고 다닌다면 상관은 없네
만… 짝을 함께 데리고 다니다가 발정이 올 때마다 새끼를 치
게 되면 감당은 할 수 있겠는가?"

그것 또한 문제였다.

결국 두 사람은 맹여립에게 백린을 맡겼다.

그날 이후 백린은 맹여립을 보면 피했다. 맹여립은 그것을
못내 섭섭해했다.

자신은 백린의 건강을 염려해 도움을 주었다 여기는데, 백린
은 자신을 보면 눈도 마주치지 않았기 때문이다.

그래서 백린을 달래기 위해 가지고 있던 연단 후 남은 영약
부스러기를 조금씩 주기 시작했다.

백린이 영약에 맛을 들인 것이 그때부터였다.

맹여립이 영약을 줄 때면 꼬리를 흔들며 그에게 다가가다가도
영약을 다 먹고 나면 고개를 돌리고는 멀찍이 떨어지곤 했다.

백린은 무척이나 영악했다.

아마 맹여립이 백린에게 행한 게 무엇을 의미하는지 알지도
모른다고 홍원은 생각했다.

어쨌든 맹여립의 시술 덕분인지, 아니면 그가 먹이기 시작한

영약 덕분인지 백린은 지금까지 아픈 적 한 번 없이 아주 건강하게 잘 살고 있다.

일반적인 개들의 수명을 넘긴 것도 같아 보였다. 이제는 늙어서 힘이 빠질 나이이건만 여전히 아주 힘이 넘치지 않은가.

홍원은 회상에서 현실로 돌아왔다.

"어쨌든 어르신 덕분에 백린이 튼튼하기는 했지요."

"영약을 그렇게 처먹었으니 영약 덕이지, 내 덕은 아닐 거다."

홍원의 말에 맹여립은 고개를 절레절레 저었다.

처음에는 좋은 것을 먹여 자신을 무서워하지 않게 하는 게 목적이었다. 그런데 어느새 백린은 영약 맛을 알고는 그 맛에 미쳐 버렸다.

"영약을 그렇게 먹게 된 것도 어르신 덕 아닙니까?"

홍원이 웃으며 건넨 말에 맹여립은 고개를 끄덕였다. 맞는 말이긴 했으니까.

"그래서 백린이 녀석은 어찌했느냐? 비전을 얻는 동안 함께 다닌 것이냐?"

맹여립과 갈현청, 두 사람도 백린을 무척이나 예뻐했다.

그렇지 않고서야 아무리 개한테 섭섭하다고 부스러기나마 영약을 먹였을까.

그 부스러기만 해도 가치가 어마어마했다.

"함께 다닐 수 없을 것 같아서 태황산에 풀어놓았지요. 당시의 백린이라면 태황산에서 큰 위험도 없으니까요."

그 말에 맹여립이 고개를 번쩍 들었다.

"허… 그놈 짓이구나!"

"네?"

갑작스러운 맹여립의 외침에 놀라 홍원이 물었다.

"태황산에 영약이 씨가 말랐다. 내 약초꾼들을 통해서 아무리 구하려 해도… 도무지 찾을 수가 없다고 그러더구나. 한데 백린이 녀석이 몇 년간 태황산에 머물렀으면 그럴 만하지. 영약 냄새는 아주 귀신같이 맡으니까."

그 능력에 도움을 받기도 했다. 연단에 필요한 약재를 백린의 후각을 이용해 찾은 것이 여러 번이다.

갈현청도 그 모습을 여러 번 보았다.

해서 북면에서 백린을 아쉬워했던 것이다.

결국 지금의 백린이 존재하는 데는 맹여립의 역할이 지대했다.

영약의 맛을 알려준 것도 맹여립이고, 냄새로 영약을 찾게 한 것도 맹여립이었으니.

"가만… 태황산에 있는 영약을 전부 찾아 먹었으면, 그걸 사람이 먹으면 그 효과가……."

태황산의 영약이 씨가 마른 이야기를 하다가 맹여립은 혼자만의 생각에 빠져들었다.

홍원은 쓴웃음을 지었다.

백린을 다시 만났을 때 그 모습에 깜짝 놀랐었는데, 설마 태황산에 있는 영약의 씨를 말려 버렸을 줄은 몰랐다.

"그렇구나!"

그때 맹여립이 뭔가를 깨달은 듯 소리쳤다.

그런 그의 표정이 묘했다.

자신이 세운 가설을 믿어야 하나 말아야 하나 그 스스로가 혼란스러운 듯했다.

그는 대륙 최고의 명의다.

사람의 몸에 대해서는 그보다 잘 아는 사람이 없다고 감히 자신할 수 있었다.

동물도 마찬가지다.

대륙 제일의 마의(馬醫)와 견주어도 자신이 더 뛰어나다고 믿고 있다.

자신의 의술의 새로운 경지를 개척할 수 있었던 단초도 동물을 연구하며 얻은 심득의 도움 덕이었기에.

그런 자신의 경험과 조예로 추론을 했고, 그 결과로 가설을 세웠다.

한데 이건 너무 허무맹랑했다.

"백린이가 이곳에 있는 너를 찾아오기는 했지? 현청이 북면에서 백린을 만났다고 했으니. 그 녀석 후각이면 읍성에 있는 너를 못 찾을 리가 없지."

"그렇습니다."

"얼마나 함께 있었느냐?"

"네다섯 달 정도 될 겁니다."

백린이 사라지고 묵린이 나타난 게 그 정도 시점이다. 읍성 사람들이 알고 있으니 사실대로 이야기해야 했다.

"그럼 백린이 녀석이 읍성에서 북면에 드나들었을 수가 있겠구나."

"북면은 마수들이 들끓는 금지입니다. 아무리 백린이 녀석이라도 어찌 드나들겠습니까?"

홍원의 말에 맹여립은 고개를 저었다.

"현청에게 다 들었다. 마수에게서 백린이 구해줬다고. 현청이 그러더구나. 백린이 녀석이 영물이 다 됐다고."

홍원의 말문이 막혔다.

갈현청은 그때 홍원이 그곳에 있었다는 것은 모르겠지만, 그 원숭이 마수에게서 갈현청을 도와준 것은 백린이었다.

"그러고 보니 그때 시강을 날려 도와준 정체불명의 고수가 있다는 이야기도 들었는데, 그건 아마도 네 녀석이겠구나."

맹여립이 생각났다는 듯 말했다.

이미 어젯밤의 일로 맹여립에게는 자신의 실력을 어느 정도 들켰다.

아나라고 해봐야 믿지도 않을 것 같았다. 홍원은 그저 쓴웃음만 지었다.

"그 비전이 무엇인지 정말 강해졌구나. 무유검선의 제자다워."

맹여립은 감탄했다는 듯 고개를 끄덕였다.

"반영물이 된 백린이 녀석이 북면을 드나들 수 있다. 이게 중요한 사실이야. 북면은 영약이 지천에 널려 있다는 소문이 난 곳이고. 위험한 마수들 때문에 그 영약이 화중지병이라는 곳이지. 마수들이 넘치는 곳이라 하니 분명 그것들이 그렇게 될 수밖에 없는 기운이 있을 테고."

높은 의술의 경지에 기반을 둔 맹여립의 추론 능력은 대단했다.

북면의 마수들의 존재만으로 그곳의 마기의 존재를 추측했다.

"동물들에게 영향을 미칠 기운이라면, 땅에 뿌리 박혀 있는 영초들에게 영향을 미치지 않을 리 없지. 분명 나쁜 기운에 물든 영초가 있을 거야. 백린이 녀석이 그것을 구분 못 하고 냉큼 먹은 거지. 그리고 그것이 그동안 백린의 몸에 쌓인 영약들의 기운을 자극해서, 그 결과 무림인들이 꿈에도 그리는 환골탈태라면 말이야……."

맹여립이 쉬지 않고 자신의 생각을 쏟아냈다.

홍원은 깜짝 놀랐다.

과연 신의라는 생각도 했다.

자신은 직접 묵린의 내부를 살펴 대강의 연유를 알고 묵린이 환골탈태를 한 사실을 알았다.

그런데 그는 묵린이 백린이라는 이름을 가졌던 시절 태황산에 머물렀다는 사실만으로 여기까지 생각을 이어낸 것이다.

"그래, 그럴 수 있어. 태황산의 그 많은 영약들을 모조리 먹어치웠으면 백린이 녀석에게 쌓인 기운이 얼마나 어마어마할지… 그리고 녀석이 북면에서 잘못 먹은 마기를 머금은 영초가 기운의 폭발을 자극했다면 그리되겠지. 동물의 환골탈태도 이론적으로는 충분히 가능해. 다만 내공심법이라는 것을 알지도 못하고 익힐 수도 없는 개가 어떻게 그 기운의 폭발을 감당했을지가 의문이군."

그 의문점 때문에 맹여립은 자신의 추론이 허무맹랑할 수도 있다고 생각한 것이다.

"거기다 마기의 영향으로 털색깔이 바뀔 수도 있겠군. 기운이란 인체의 많은 것에 영향을 미치니까. 그리고 내가 손상을 주어 기능을 못 하게 만든 것도 환골탈태라면 모두 치유가 될테지. 환골탈태는 그야말로 다시 태어나다시피 하는 것이니까. 그렇게 생각하면 그 묵린이라는 녀석이 수놈이라 해도 내 생각에는 백린인 것 같다만?"

긴 설명을 끝내고 맹여립은 홍원을 바라보았다.

어서 대답해 보라는 눈빛이다.

홍원은 쓴웃음을 머금으며 고개를 끄덕였다.

그에게 계속 묵린의 정체를 숨기는 것은 그의 뛰어난 의술과 추론에 대한 예의가 아닌 듯했다.

스승의 오랜 친우인 데다, 그는 어느 무림 세력에도 속하지 않은 사람이다.

지금은 갈현청의 부탁 때문에 경천회에 잠시 머무르는 것뿐이다.

모용혜가 완전히 건강을 되찾으면 아마 또 자신을 필요로 하는 곳을 떠날 것이다.

정처 없이 떠도는 것은 무유검선이나 청수신의나 마찬가지였다.

"걱정 말거라. 내가 별 이야기를 할 곳도 없으니까. 현청, 그 친구에게도 전할 생각 없으니 너무 염려치 않아도 된다."

홍원의 고소(苦笑)에 담긴 의미를 안다는 듯 맹여립이 말했다.

"감사합니다."

"조용히, 그저 흐르는 대로 지내려 하는 것이 백리평 그 친구 제자 아니랄까 봐 똑 닮았구나."

그 말에 홍원은 그저 웃을 뿐이다.

"그럼 이만 돌아가도록 하자."

맹여립의 말에 홍원이 앞장섰다.

산의 길이었기에 자신이 맹여립을 인도해야 했다.

그렇게 걸음을 옮기는데 맹여립이 나직이 입을 열었다.

"홍원아."

"네."

"여직 나는 제자가 없다."

"네."

그랬다. 청수신의는 그 자신의 사문이 있음에도 제자를 두지 않았다. 그의 진전을 이어줄 사람이 없다는 것은 매우 아까운 일이다.

"마음에 드는 아이를 아직 찾지 못했어. 재능이 있으면 인성이 부족하고, 인성이 마음에 들면 재능이 부족한 그런 아이들만 만났으니."

홍원은 묵묵히 그의 말을 듣고만 있었다.

그의 넋두리였기에 그저 듣고만 있는 게 홍원이 해줄 수 있는 전부였다.

"그러다가 꼭 마음에 드는 아이를 만났는데, 그게 너였다."

처음 듣는 말이다.

"해서 오랜만에 이렇게 만나니까 좋구나."

홍원의 가슴이 뭉클해졌다.

그렇게 두 사람은 읍성으로 돌아왔다.

第五章

죽림

우문기영은 딱딱한 얼굴로 유검을 마주 보고 있었다.

그가 돌아와 전한 사실이 너무 충격적이었는지, 표정 관리를 못 하고 있었다.

"그러니까, 사형이 목이문과 인연이 있다는 말인가?"

"네, 그렇습니다."

우문기영은 다시 한 번 확인을 했다. 유검은 고개를 끄덕이며 답했다.

"허어… 어찌 그런 일이."

우문기영은 고개를 절레절레 흔들었다.

"그것도 인연이 상당히 깊은 듯했습니다. 제 무유팔절검해를 알아보았으니까요."

유검의 절기이지만 그 이전에는 백리평의 절기였다.

그 이야기에 우문기영의 내심은 복잡하기 짝이 없었다.

그가 겪은 과거에는 목형욱이 자신의 사형에 대한 이야기를 하지 않았었다.

곰곰이 그때를 다시 생각해 보니, 당시 천선문으로 왔던 그들에게 무유팔절검해를 보여준 적이 없었다.

"사형과 인연이 있다는데, 내 서신을 보고할 필요가 없다고 했다는 건가?"

"사백께서는 본 문을 알리지 않으신 듯합니다. 제가 천선문에서 왔다는 것에는 조금 놀라는 것 같았으나, 제가 사백을 언급하는 순간 정말 깜짝 놀랐으니까요."

"사형이라면 그럴지도 모르지……."

소문주들이 익힐 수 있는 천선의 비급을 전해 받고도 그저 무유팔절검해만 익혔었던 사형이다.

천선문을 떠난 이후 천선을 익혔는지 알 수는 없지만, 그는 문주의 자리에 관심도 없고, 사형제들과 경쟁하기도 싫다 했던 인물이다.

그런 자신의 성향에 가장 잘 맞는다며 무유팔절검해만을 깊고 깊게 익혔다.

그리고 천선문을 떠났다.

그 이후로는 소식을 전혀 들을 수 없었다.

술법을 펼치기 전에도 아무런 소식을 들을 수 없었다.

그런데 이번에는 이렇게 의외의 일로 소식을 접하게 된 것이다.

"은월의 흔적은 찾았는가?"

"찾지 못했습니다만……."

"아마도 그들과 관계가 있겠지."

유검이 말끝을 흐렸지만 우문기영은 짐작이 간다는 듯 말했다.

"알겠다."

"그럼 이만 물러가도록 하겠습니다."

그렇게 유검이 떠나고 홀로 남은 우문기영은 그의 사형인 백리평을 떠올렸다.

"사형, 그때 사형이 있었다면 어쩌면 내가 지금 여기에 있지 않아도 됐을지도 모르겠소. 사형이었다면 그 괴물을 막아냈을지도 모르니 말이오."

천선문이 배출한 최고의 천재이자, 최강의 무인인 백리평이었다.

그는 당시의 천선문을 싫어했다.

황궁을 수호하는 데 그치지 말고 황궁의 힘을 키우는 데 더욱 적극적으로 개입해야 한다는 당시의 분위기를 저어했다.

조용히 음지에서 황궁을 보호하는 그 본분에 충실해야 한다고 생각했던 백리평이었다.

그래서 우문기영과는 자주 다투었다.

두 사람의 생각이 정반대였기 때문이다.

하지만 본디 다툼을 싫어했던 백리평은 수련을 이유로 천선문을 떠난 후 돌아오지 않았다.

그저 무유검선이라는 그의 명호만이 천선문으로 전해졌을 뿐이다.

그 후 우문기영은 문주의 자리에 올라 천선문의 외형을 확장하고 세력을 늘리는 데 전력을 다했다.

그렇게 완성된 것이 지금의 천선문이다.

백리평이 떠난 이후 천선문은 완전히 다른 문파가 되어버린 것이다.

생각지 못한 사형의 소식에 그날의 아쉬움을 떠올리던 우문기형이 흠칫 몸을 떨었다.

그리고 다시 기억을 떠올렸다.

절대 떠올리고 싶지 않은 기억을 떠올려야만 했다.

여전히 그자의 얼굴은 떠오르지 않았다.

하지만 그가 휘두른 도의 움직임은 그 하나하나가 떠올랐다.

그런데.

그 움직임이 낯이 익다.

지금까지는 그 괴물의 무시무시한 무공과 압도적인 파괴력에 질려 미처 그 무공을 살피려는 생각도 하지 못했다.

그저 항거불능의 재앙으로만 생각했다.

다시 한 번 기억을 떠올려도 낯이 익다.

자신도 알고 있는 움직임이다.

자신이 알고 있는 것과는 다른 점이 있었지만 그것은 개인의 성향에 따른 변주 정도로 보였다.

지극히 패도적인 공격과 움직임. 패도의 끝을 보겠다는 듯한 위력.

그러나 그 기본은.

"천선……."

우문기영은 신음하듯 중얼거렸다.

변형이 되었지만 분명 천선이었다.

그 어마어마한 도강.

본 적도 없는 엄청남에 압도되어 미처 살피지 못했다.

한데 그 도강은 분명 천선의 움직임을 따르고 있었다.

천선을 익힌 사람은 우문기영이 모두 알고 있다.

당연한 일이다.

오직 문주 후보인 소문주들만이 익힐 수 있는 무공이니까.

천선문의 문주지공의 절반이나 다름없는 무공이다.

그리고 그날 천선을 익힌 이들은 모두 그 괴물의 손에 생을 달리했다.

자신을 제외하고는.

역천의 대법을 펼친 이후 그들은 모두 천선문에 있다.

외부로 나간 이는 단 하나도 없다.

오늘 오랜만에 소식을 들은 한 사람을 제외하고는 말이다.

"사형……."

다툼이 싫고 변화가 싫다며 떠난 사형이다.

그리고 당시 사형은 천선을 지니고 있었다.

소문주였으니까.

"설마⋯⋯."

믿을 수 없는, 믿고 싶지 않은 사실들이 떠올랐다.

어쩌면 그 괴물을 키워낸 것이 사형일지도 모른다는.

아니, 그럴 것이다.

그렇지 않고서야 그 괴물이 천선의 움직임을 보인 것은 설명이 되지 않는다.

그 괴물이 절세의 천재라 스스로 창안한 무공을 사용했는데 그것이 천선과 비슷했다?

개가 웃을 소리다.

분명 누군가에게 배운 것일 테고, 그렇다면 가르칠 이는 사형뿐이다.

그 외에는 천선이 외부로 나간 적이 없으니까.

괴물은 외부에서 쳐들어온 자다.

"그렇다면 왜⋯⋯."

알 수 없는 일이다.

그러나 우문기영은 하나는 알게 되었다.

지금까지 북해에서 수련을 했던 자라는 것 외에는 알 수 없었던 괴물의 정체.

그 단서를 하나 얻은 것이다.

"일단 사형의 행적을 쫓아야겠군."

아마도 사형의 제자이거나, 아니면 제자의 제자 정도이리라. 천선이라는 절세 무공을 아무에게나 가르칠 리는 없으니까.

그렇다면 천선문을 떠난 이후의 사형의 흔적을 쫓아야 했다. 홀로 떠났으니, 떠난 후 얻은 제자일 것이다.

우문기영은 곧 누구에게 이 일을 맡겨야 하나 고민에 들어갔다.

최고 적임자는 은월이었으나, 은월은 없었다.

*   *   *

홍원은 맹여립과 함께 읍성으로 돌아왔다.

맹여립은 곧 자신의 거처로 돌아갔고 홍원은 집으로 돌아갔다.

맹여립과의 회포를 푸는 데 제법 시간이 걸린 것인지 이미 점심때가 지나 있었다.

그렇게 허기가 느껴지지 않았기에 점심은 걸렀다.

이미 식구들은 모두 식사를 마친 터라 괜히 자신 때문에 어머니께서 다시 분주해지는 것이 싫었던 마음이 더 컸다.

한 끼 먹지 않는다고 어찌 될 자신도 아니고 말이다.

그리고 그날 해야 할 자신의 일들을 정리했다.

담장 정리나 약재 정리, 사냥감들의 가죽 정리같이 소소하면서도 손이 가는 일이 많았다.

자신은 어쨌든 사냥꾼이자 약초꾼이다.

그 업에 대한 일이 제법 많았다. 그걸로 가족들의 생계를 꾸려가고 있으니 말이다.

물론 종현이 이번 상행으로 상당한 이문을 남겼다고, 자신을 도와준 돈을 돌려주겠다고 했다.

투자를 받았으니 보답을 해야 한다는 걸로 봐서는 자신이 처음에 내놓은 밑천이 잔뜩 커져서 돌아올 듯했다.

그 정도면 홍원이 이렇게 열심히 일하지 않아도 네 가족이 먹고사는 데 지장은 없을 것이다.

그래도 일을 안 할 수 없었다.

동생들이 성장함에 따라 돈 들어갈 곳은 많았다.

그렇게 해가 서쪽으로 뉘엿뉘엿 넘어갈 때쯤.

친구들이 찾아왔다.

이제 읍성은 어젯밤의 혼란에서 조금은 벗어난 듯했다.

다섯 사람은 그렇게 철우의 집으로 향했다.

점심에 이어 저녁도 가족과 함께하지 못하게 된 홍원이다. 이런 경우는 오랜만이었다.

비영이 읍성에 머무를 날이 며칠 남지 않았기에 흔쾌히 집을 나섰는데, 평소 가던 주막이나 객잔이 아니라 철우의 집으로 향하는 것이 조금 의아하긴 했다.

"어제 그런 일도 있고 해서, 조용히 집에서 보내는 것이 좋을 것 같아서 그런다."

철우의 말이다.

종현의 집은 가족들과 함께 지내고 있어 적당치 않았다. 같은 이유로 홍원의 집도 피했다.

진구의 집은 좁았다.

사내 다섯이 술을 마시기에는 좁았다.

"그리고 진구 집은 너무 지저분해."

무엇보다도 이 이유가 가장 컸다.

홍원은 고개를 끄덕였다. 굳이 자신까지 말을 보태 진구의 가슴을 후벼 팔 이유는 없었다.

철우의 집이 적당히 넓었고 깔끔했다. 그리고 지금은 비영과 둘이 함께 지내고 있으니 적당했다.

술 몇 병을 사서 철우의 집에 도착했다.

비영이 솜씨를 발휘해 적당한 요깃거리 겸 안줏거리를 만들어왔다.

술을 사며 함께 사온 재료들을 모두 사용했다.

그렇게 다섯 친구는 주거니 받거니 잔을 비웠다.

그다지 많은 말이 오가지는 않았다.

사내 다섯이서 할 이야기는 이미 지난번에 다했다.

그래도 간밤의 일이 있었던지 몇 가지 이야기가 나왔다.

그중 비영의 한탄이 컸다.

너무나 심각한 철우의 말 때문에 아침까지 지하 좁은 곳에서 벌벌 떨고 있었는데, 날이 밝고 밖으로 나오니 너무 황당했다고 한다.

철우가 침상에서 너무 편안히 자고 있었으니 말이다.

그 말에 철우는 머리를 긁적이며 말했다.

자신은 기억에 없다고.

어젯밤 종현의 집을 찾아가며 있었던 일을 이야기하니 종현의 얼굴이 어두워진다.

그리고 앞으로는 그러지 말라 한다.

자신의 앞가림은 자신이 할 수 있다고. 그리고 전날 자신의 집은 아무 일이 없었다고.

시끄러웠던 곳은 읍성 서쪽이었다.

"그래도 도무지 알 수가 없다. 난 이제 죽는구나 했는데, 눈을 떠보니 내 집 침상이라니 말이다."

"정말로 귀신이 곡할 노릇이구만."

진구의 말에 다들 고개를 끄덕였다.

홍원도 같이 고개를 끄덕였다. 그 사정을 모두 알고 있었지만 모르는 척해야 한다.

"홍원이 넌 괜찮았어?"

"우리 식구들은 전부 아침 늦게까지 세상모르고 잤다."

"거참, 가장 시끄러운 곳 근처였는데 어찌 그러지. 오늘 보니 그 근처 사람들은 전부 밤새 떨었다던데."

홍원의 말에 진구가 이상하다는 듯 중얼거렸지만 홍원은 그저 웃을 뿐이다.

종현만이 묘한 눈으로 홍원을 바라보았다.

남면행에서 홍원의 일면을 겪었기에 홍원이 어젯밤 일과 무슨 연관이 있을 수도 있다고 생각했다.

그러나 홍원이 자신에 대해 알려지는 걸 원치 않았기에 잠자코 있었다.

"아, 나 오늘 엄청난 미인을 봤다."

진구가 자랑하듯 말했다.

네 사람의 시선이 일제히 진구를 향했다.

사내들이 술을 마시며 나온 여자 이야기는 당연히 그 자리의 주연이 되게 마련이다.

진구는 이야기를 풀어냈다. 그가 오늘 겪은 일은 신이 나서 할 만한 이야기는 아니었기에 대체로 그답지 않게 조곤조곤 말했다.

"그런데 그곳에 갔으면 큰 아가씨도 봤을 거 아니야. 그런데 다른 대단한 미인을 봤다고?"

모용연은 읍성 주민들에게 큰 아가씨라고 불린다. 관 성주도 쩔쩔매는 그녀였기에 사람들이 그리 부르는 것이다.

모용혜는 작은 아가씨였다.

"어허, 큰 아가씨는 사람이 아니잖아. 당연히 논외지."

진구가 답답하다는 듯 종현을 보고 말했다.

"사람이 아니면?"

비영이 물었다.

"선녀지, 선녀."

진구가 팔짱을 끼고 두 눈을 감은 채 답했다.

결국 그의 눈에도 가장 아름다운 이는 모용연이었다. 단지 그녀는 너무 아름답고 높으신 분에다 현실감이 없었기에 아예 쳐다보지도 않는 것이었다.

"그곳에 있었다면 무림인일 텐데? 그러면 큰 아가씨나 그 여인이나."

철우의 지적에 진구의 어깨가 아래로 처졌다.

"내 인생에서 처음 만난, 그야말로 최고의 이상형이었는데……."

진구가 한탄했다.

"아서라. 무림인이랑은 안 엮이는 게 장수의 비결이다."

철우의 말에 다들 고개를 끄덕였다.

단지 홍원은 그 말에 괜히 미안해졌다. 친구들은 이미 무림인과 깊게 엮여 버렸다.

바로 자신과 말이다.

최대한 무림에서 멀어지려 하고 있지만 과연 그게 될까란 생각이 들었다.

황 노인이 자신에게 준 검.

읍성을 찾아온 경천회의 인물들과 맹여립.

향산을 찾은 단리유화.

그녀를 쫓아온 정체불명의 숭무련의 무리들.

어쩌면 조용하던 읍성이 자신 때문에 시끄러워진 것은 아닐까 하는 생각도 들었다.

그렇게 시끄러웠던 밤의 다음 날이 지나가고 있었다.

다음 날.

이른 아침 홍원은 집을 나섰다.

죽림 시절의 모습으로 돌아가 은밀히 움직였다.

누구도 그의 움직임을 눈치채지 못했다.

홍원은 경천회의 저택으로 향했다. 그리고 단리유화의 기척을 찾아 그녀에게 전음을 보냈다.

[동면으로 오도록.]

짧은 전음.

그러나 그 전음을 듣는 순간 단리유화는 두 눈을 번쩍 떴다.

그녀의 얼굴에는 경악이 가득했다.

'어떻게……'

너무나도 강렬한 인상이 남아 있는 목소리다.

그 목소리의 주인공이 이곳에서 자신을 찾다니 그런 일이 가능한지 생각해 보았다.

대체 어찌 된 일일까.

지금 숭무련이 기를 쓰고 쫓는 인물이다. 그런데 그 그림자조차 찾지 못한 인물.

죽림.

그가 자신에게 전음을 보냈다.

홍원은 죽림 시절 목소리를 변조해서 사용했다. 내공을 이용해 성대를 조절해 목소리를 바꾸는 것이다. 그러면 전음의 목소리도 바뀐다.

살수라면 당연히 익혀야 하는 기술이었다.

그런 목소리였기에 단리유화가 단 번에 죽림이 자신을 찾는다는 것을 알게 된 것이다.

그녀는 서둘러 채비를 하고는 저택을 나섰다.

그리고 바삐 움직여 동면으로 향했다.

동면은 넓었다. 그러나 죽림이 자신을 불렀으니, 동면으로만 가면 아마도 그가 자신을 찾을 것이다.

　동면으로 들어선 지 얼마나 되었을까.

　단리유화의 눈에 복면을 쓴 흑의 사내의 뒷모습이 보였다.

　그가 죽림임은 두말할 필요가 없었다.

　십 보 간격의 거리에 들어섰을 때 그가 뒤돌아섰다.

　두 사람의 눈이 허공에서 얽혔다.

　차갑고 깊고 무심한 두 눈.

　잊을 수 없는 눈이다.

　사부를 죽여달라는 천인공노할 의뢰를 할 때 자신을 바라보던 그 눈이다.

　'고생이 많았군. 잘 버텼어.'

　자신의 의뢰에 대한 그의 답은 저 두 마디의 말이었다.

　그때 자신도 모르게 눈물을 흘렸었다.

　"따라오도록."

　여전히 짧은 말이다. 그 말을 남기고 그는 성큼성큼 걸음을 옮겼다.

　단리유화는 그 뒤를 말없이 따랐다.

　여전히 큰 키에 넓은 어깨다.

　저렇게 건장한 체구로 어떻게 대륙 제일의 살수가 되었을까 하는 의문을 가진 것도 있었다.

　살수란 몸이 가늘고 작은, 날랜 사람들에게 적합한 일이라 생각했었으니까.

하지만 그는 자신의 사부를 일검에 죽이면서 실력 앞에 체형 따위는 무의미함을 보여줬었다.

사실 홍원은 자신의 본 체형을 숨기기 위해 신발 안에 깔창을 두껍게 넣고 옷 안에도 보형물을 넣었다.

그리고 내공을 사용해 근육을 부풀려 평소 자신의 체형보다 훨씬 건장하게 만든 것이다.

이것은 은살림 시절부터 늘 해오던 일이다.

자신을 숨겨야 했으니까.

그것이 적이든 아군이든 말이다.

얼마나 걸었을까.

죽림이 뒤돌아섰다. 그러고는 한쪽을 고갯짓했다. 그곳에는 앉기에 적당한 평평한 바위가 있었다.

단리유화는 그곳으로 가서 앉았다. 죽림도 맞은편 바위에 편하게 앉았다.

"이곳에 온 목적은?"

경천회의 저택에서 이미 들어서 알고 있었다. 하지만 그때는 숨기는 것이 있었다. 그리하여 숨김없는 진실을 듣기 위해 물은 것이다.

"영약을 얻기 위해서예요. 북면은 저에게는 너무 위험하고⋯ 동면에서도 가끔 영약이 나온다고 해서요. 제 무공에 대해서 아시겠지만⋯ 저는 내공이 절실하게 필요해요."

"사부는 이미 죽었고⋯ 그러면 문제없을 텐데?"

죽림은 무덤덤하게 말했다.

그 사부에게 죽음을 내린 이가 자신임에도 마치 상관없는 남의 일에 대해 이야기하듯 말했다.

죽림의 무심한 말에 눈물을 흘렸던 그날, 단리유화는 속에 있는 무수한 말을 쏟아냈었다. 그녀 자신도 왜 그랬는지 알 수 없었던 일이다.

그때 그녀는 자신이 직접 사부를 죽이고 싶었다고 했다. 그래서 그렇게도 미친 듯이 무공 수련을 했건만, 내공의 벽에 부딪혀 절망했다고 했다.

그때 그녀에게 손을 내민 이가 선문강이라고 했었다.

"사냥이 끝났으니 사냥개는 삶아야죠."

단리유화가 처연하게 웃으며 말했다.

"선문강?"

죽림의 물음에 단리유화는 씁쓸한 얼굴로 고개를 끄덕였다.

"복수에 눈이 멀어서 그때는 사리분별을 못 했어요. 왜 그가 당신에게 의뢰할 수 있는 방법을 알려줬는지. 의뢰비를 빌려줬는지. 그리고 어떻게 내가 사부를 죽이고 싶어 하는 것을 알고 있는지."

당시에는 간과하고 넘어갔던 것들.

사부가 죽고 승무련이 요동을 치면서 가지게 된 의문들.

그리고 찾게 된 해답.

"그는 사부가 나와 다른 사형제들에게 어떻게 했는지 알고 있었어요. 결국 사부와 똑같은 인간인 거죠. 그리고 자신의 야심을 위해 사부를 제거할 마음을 먹었고 저는 그에게 이용당한 거예요."

"그렇군."

이미 모두 알고 있는 사실이다. 단지 단리유화가 어디까지
알고 있는지 파악하기 위해 그녀의 말을 가만히 듣고 있었다.

"런 내에 가만히 있다가는 언제 그에게 죽을지 몰라요. 그래
서 런을 나왔죠. 나 스스로 강해져야 살아남으니까. 그런데 설
마 이렇게 빨리 움직여서 저를 노릴 줄은 몰랐네요."

"어젯밤의 습격자?"

죽림의 물음에 단리유화는 고개를 끄덕였다.

"네, 암영대예요. 숭무련의 뒷세계 검 중 하나죠."

그제야 홍원은 습격자들의 정체를 알 수 있었다.

숭무련에 그런 단체가 있을 것이라 예상만 하고 있었을 뿐이
다. 단리유화는 그 정체를 정확히 알고 있었다.

"숭무련에는 암영대, 묵영대, 흑영대 이렇게 세 개의 비밀 조
직이 있어요. 선문강은 그중 암영대를 손에 넣은 것 같아요. 그
들을 움직여서 저를 노린 것을 보면요."

홍원의 내심은 복잡해졌다.

선문강이 자신의 비밀 세력을 이용해서 단리유화를 제거하
려 했다.

그렇다면 이번 일을 실패했다고 순순히 물러서지 않을 것이
라는 이야기다.

"이번에는 은거기인이 나타나서 구해주셨지요. 천운이었어요."

홍원과 죽림의 체형이 달랐다. 더군다나 죽림은 살수.

단리유화는 어젯밤의 그 고수가 눈앞에 있는 이라고는 미처 생각지 못하고 있었다.

그녀는 죽림이 무공을 사용하는 것을 단 한 번도 본 적이 없었다.

"그 천운 덕에 아마도 당분간은 선문강이 저에게 신경을 쓰지 못할 거예요. 그 틈에 저는 빨리 힘을 길러야죠."

묻지 않은 것까지 이야기하고 있었다.

"왜 그렇지?"

죽림이 다시 짧게 물었다. 선문강이 당분간은 이곳에 신경을 끄리라 예상한 이유가 궁금했다.

현재 숭무련의 내부 사정을 가장 잘 아는 이는 그녀였다. 자신이 모르는 무언가를 알고 있을지도 모른다는 생각에 홍원이 물은 것이다.

자신이 숭무련주를 죽이고 난 직후 천하의 움직임은 모른다.

꿈속의 자신은, 그러고는 곧장 북해로 가서 천선의 수련에 매진했으니까.

그 세월이 무려 십 년이었다.

즉, 지금 천하의 움직임에 대한 기억은 전혀 없었다. 단지 수련을 끝내고 세상으로 나와 천하에 떠도는 풍문을 들은 것이 전부였다.

단리유화의 죽음 역시 그렇게 풍문으로 접한 소식 중 하나였다.

"숭무련은 새 련주를 뽑았어요. 그러면 늘 하는 행사가 있지요. 지금 련의 군사인 선문강은 그 준비로 바쁠 거예요. 그가 암영대를 저에게 보내는 전격적인 움직임을 보인 이유도 그 행사 전에 귀찮은 것을 정리하려고 그런 것이겠죠."

그 말에 홍원은 자신의 기억을 곰곰이 더듬어봤다.

숭무련에서 그런 행사를 펼친 것이 무엇이 있었던가.

'아, 무림 대회!'

그제야 떠올랐다.

현 무림은 사대세력이 안정적으로 균형을 이루고 있었기에 무척이나 조용했다.

무림인이란 강해지고 싶어 하고, 그 강함을 뽐내고 싶어 하는 족속들이다. 이런 조용한 평화는 결국 그들의 그런 욕구에 대한 억눌림이 된다.

그래서 간혹 터져 나오기는 한다.

사대세력의 부조리함을 성토하며 적대하는 형식으로 말이다. 그런 이들은 모두 사대세력의 힘에 금세 쓸려 나갔다.

사대세력으로서도 그들의 그런 욕구 불만을 계속 억눌러 적대 세력이 탄생하는 것은 귀찮은 일이었다.

그래서 가끔 판을 깔아준다.

무림 대회라는 이름으로.

보통은 특별히 기념할 만한 일이 있을 때 대대적으로 무림 대회를 연다.

세력의 수장이 바뀌는 일은 그런 무림 대회를 개최하는 충분한 이유였다.

실제로 수장이 바뀌는 곳마다 매번 무림 대회를 열었고, 그러면 나머지 세력에서도 사절단을 보내며 그 친교를 다졌다.

그야말로 큰 행사인 것이다.

후기지수만을 위한 무림 대회가 열리기도 하고, 노고수들까지 모두 손을 섞는 무림 대회가 열리기도 한다.

이황이제일선이라는 오천존 역시 그런 무림 대회의 결과들이 쌓이고 쌓여 세상에 퍼진 명호였다.

'이번 무림 대회는 아마 후기지수들만을 위한 대회였지?'

홍원이 이에 대한 기억이 있는 이유는 간단했다.

이번 무림 대회로 천하에 이름을 떨치는 후기지수가 하나 탄생하기 때문이다.

소마룡 구양대검.

현 마황성주 마룡검황 구양벽의 손자로 지금까지 알려지지 않았다가 숭무련의 무림 대회로 인해 혜성처럼 등장한 고수다.

무림 대회의 우승 후 승승장구하기에 홍원도 알고 있었다.

소마룡 구양대검에 대한 설명은 늘 숭무련의 무림 대회부터 시작했기 때문에 그 소문은 귀에 딱지가 앉도록 들었었다.

"공야무 부련주가 정식으로 숭무련주가 되었어요. 그것을 기념하기 위한 무림 대회가 곧 열릴 거예요. 나머지 사대세력도 초대하는 큰 행사이기에 이미 그 준비로 정신이 없을 거예요. 그 정신없는 와중에 저를 조용히 처리하려고 암영대를 보낸 거구요. 그 암영대가 실패를 했으니 당분간 저에게 신경은 못 쓸 거예요."

홍원이 떠올린 이야기가 단리유화의 입에서 나왔다.

"더군다나 정체불명의 고수에게 패퇴했으니 더더욱 섣불리 움직이지 못할 거예요. 선문강은 그런 사람이에요. 성공 확률이 십 할에 가깝지 않으면 일단 성공 확률부터 높이려는 작자죠. 암영대주가 살아서 돌아간 이상 그는 읍성에서의 일을 그대로 보고할 거고, 선문강의 머리는 복잡해질 거예요."

홍원은 전날 밤 일부를 살려 보낸 것이 과연 잘한 일인가에 대한 고민을 했었다.

그리고 방금 단리유화가 해준 말은 그 고민을 날려 보내는 데 충분하였다.

"그런데 왜 저를 찾으신 거죠?"

단리유화는 정말 진심으로 놀랐다. 이곳에서 죽림을 만나게 될 줄이야.

"숭무련을 피해 숨은 곳이다. 어젯밤에 시끄러워서 이유를 알려 했다."

"그것뿐인가요?"

"아니. 네가 원인이라 생각했다. 내가 편하려면 네가 떠나야 한다."

물음에 돌아온 대답에 단리유화의 얼굴이 딱딱하게 굳었다.

죽림을 만나 다시 한 번 도움을 요청하려 했다.

악인만을 죽이는 살수 죽림. 그렇다면 그가 가지고 있을 의협심에 매달려 볼까 생각한 것이다.

한데 그는 자신을 이곳에서 떠나게 하려고 불렀다니.

"그런데 그렇게 쉽게 정체를 밝혀도 되는 건가요? 숭무련의 공적인데. 제가 숭무련으로 돌아가 이곳을 이야기하지 않는다는 자신이라도 있으신가요?"

단리유화는 절박했다. 당장 이곳을 떠나라니. 그럴 수는 없었다.

그 말을 꺼내는 순간 죽림의 분위기가 달라졌다.

그녀는 단 한 번도 느껴본 적이 없는 살기가 그녀를 향해 몰아쳤다.

"너와 나, 공범."

짧은 말이지만 많은 의미를 담고 있었다.

자신이 숭무련에 잡히면 단리유화 그녀도 죽는다는 말이다.

숭무련이라면 죽림을 잡아서 그냥 죽이지 않고 반드시 의뢰인을 알아내려 할 것이다.

"어차피 선문강이 모든 것을 알고 있어요."

죽림이 잡히지 않더라도 선문강의 손에 자신의 운명이 달려 있다는 소리다.

"선문강보다 내 손에 죽고 싶은가?"

여전히 공간을 지배한 살기를 뚫고 들려온 목소리다.

단리유화가 그 목소리에 흠칫 몸을 떨었다.

"너라면 선문강도 공범이라는 증거를 가지고 있을 것이다. 오히려 숭무련이 더욱 안전할 것 같은데."

이어진 첨언.

단리유화는 고개를 가로저었다.

"숭무련 안에서 살아남을 만큼 강하지 못해요."

그것이 문제였다.

숭무련에만 머물러 있으면 언제고 련을 장악한 선문강의 손에 죽게 될 것이다.

자신이 강해지도록 선문강이 내버려 둘 리 없으니까.

그렇다면 밖에서 강해져야 한다. 그렇게 생각하고 련을 나왔다가 암영대의 습격을 받았다.

그 암영대가 패퇴한 지금이 절호의 기회였다.

그녀에게 어젯밤의 고수의 출현은 그야말로 천운이고 기연이었다.

"떠나라."

그녀의 말에 죽림은 일고의 가치도 없다는 듯 다시 한 번 말했다.

그의 몸에서 나오는 살기가 더욱 진해졌다.

단라유화는 더 이상 버틸 수 없었다.

읍성의 어디에 그가 은신하고 있는지는 알 수 없었다. 하지만 그는 읍성이 소란스러워지는 것을 극도로 경계하는 것 같았다.

어쩔 수 없었다. 그의 말을 듣지 않으면 이곳이 자신의 무덤이 될 것만 같았다.

"알겠어요. 대신 오늘 밤까지는 시간을 주세요. 경천회분들에게 감사의 인사도 못 하고 급히 나왔어요."

마지막 협상이었다.

죽림은 잠시 말이 없었다.

"따라오도록."

그는 낮게 말했다. 그 말에 단리유화는 조용히 그 뒤를 따랐다.

얼마나 걸었을까.

죽림이 한쪽 길을 가리켰다.

"오늘 밤까지다."

그 말을 남기고 그는 사라졌다.

그가 사라지고 단리유화는 그 자리에 풀썩 주저앉았다. 다리가 풀려 버린 것이다.

그 살기의 바닷속에서 오줌을 지리지 않은 것만 해도 장하다는 생각이 들었다.

잠시 후, 다리에 힘이 돌아오자 단리유화는 비틀비틀 걸으면서 읍성으로 향했다.

홍원은 다시금 동면의 골짜기 아래로 내려왔다.

살기가 너무 들끓어 올랐다.

단리유화를 위협하기 위해 끌어 올린 살기였으나 잠재운 지 얼마 되지 않은 탓인지 다시금 온몸에서 살기가 흘러나왔다.

집으로 가기 전에 살기를 날려 버려야 했다.

홍원은 천천히 무유팔절검해를 펼치기 시작했다.

第六章

향산 동면

읍성으로 돌아온 단리유화의 걸음이 바빠졌다. 오늘 내로 약초꾼을 구해서 읍성을 떠나야 했기 때문이다.

가장 먼저 모용연을 찾았다. 그리고 사정을 이야기하고 오늘 떠나겠다고 이야기했다.

"언니, 괜찮겠어요? 그런 큰일을 겪고 다시 혼자 움직인다니 요……."

모용연이 걱정스러운 얼굴로 물었다.

"괜찮아. 오히려 향산 안이 더 안전할지도 몰라."

모용연은 그녀가 무언가를 숨기고 있음을 느낄 수 있었다. 그 속에 있는 다급함까지 느낄 수 있었기에 무언가 사정이 있을 것이라 생각했다.

"알았어요. 부디 조심해요."

모용연은 그렇게 단리유화를 보내줬다.

이른 아침에 저택을 나섰다가 돌아온 그녀다. 갑자기 저러는 것이 무언가 복잡한 사연이 있는 듯했다. 모용연은 그녀에게 아무 일이 없기를 빌었다.

그렇게 단리유화가 저택의 대문을 나서려는 순간.

"아, 언니!"

모용연이 무언가 생각이 났다는 듯 단리유화를 불러 세웠다.

단리유화가 걸음을 멈추고 뒤를 돌아봤다.

"약초꾼을 찾는다고 했지요?"

단리유화가 고개를 끄덕였다. 마침 모용연은 소개해 줄 만한 약초꾼을 한 사람 알고 있었다.

본인은 스스로를 별것 아니라고 했지만, 아이들에게 이야기를 들어보니 동면에서는 제법 실력이 있는 약초꾼인 듯했다.

단리유화는 모용연이 가르쳐 준 약초꾼과 그 집의 위치를 머릿속에 집어넣었다.

"하암."

진구는 늘어지게 하품을 하고 하릴없이 걸었다. 비번이었던 전날 예상치 못하게 근무를 했기에 오늘 다시 비번을 받았다.

보통은 오늘도 근무를 해야 했으나, 조장이라는 그의 직급이 비번을 가능하게 해줬다.

그래서 친구들과 진하게 한잔하고 들어가서 잤다.

어제 겪었던 일도 털어내고 오늘 늦게까지 푹 자려고 했다.

그런데 무슨 일일까. 저절로 눈이 떠지더니 잠도 오지 않았다. 이런 일이 잘 없는데 어찌 된 영문인지 알 수 없었다.

누워서 뒤척이느니 바람이라도 쐬자 싶어 밖으로 나왔다.

그러나 갈 곳이 없었다.

일단 단골 주막으로 향했다. 국밥으로 빈속을 든든히 채우고 나니 할 일이 없었다.

그렇다고 성문 초소로 가는 것은 사양이다. 쉬는 날에는 일하는 곳 근처도 가기 싫었다.

"어떻게 한담……?"

가만히 앉아서 고민을 하는데 주모가 자꾸 눈치를 줬다. 다 먹었으면 어서 자리를 비우라는 눈치다.

결국 진구는 자리에서 일어났다.

이제 찬 기운이 제법 가신 것이 곧 봄이 오려는 것 같았다.

다시 갈 곳이 없었다.

그런 진구의 걸음은 홍원의 집으로 향했다.

아무래도 홍원이 가장 한가할 것 같았다.

철우 녀석은 표국의 일로, 종현 녀석은 상단의 일로 아침부터 바쁠 것이다.

그러고 보니 철우의 집에 있는 비영이 할 일 없이 있을지도 모른다는 생각이 문득 떠올랐다.

그러나 이미 홍원의 집으로 걸음을 옮긴 터.

철우의 집으로 방향을 틀기 귀찮다는 생각에 그냥 홍원의 집으로 향했다.

홍원의 집 근처에 거의 도착했을 때 진구는 두 눈을 크게 떴다. 그리고 몇 번을 끔벅였다.

지금 자신이 보고 있는 게 맞는 것인지 알 수 없었다.

어제 아침에 보았던 그 절세미녀가 홍원의 집 근처에서 이리저리 움직이고 있었다.

어딘가를 찾고 있는 듯했다.

갑자기 가슴이 두방망이질을 치기 시작했다.

'어, 어떻게 할까?'

고민이 시작됐다.

가서 말이라도 붙여보고 싶었다.

하지만 그녀는 그 무서운 무림인이다. 어제 아침에 보지 않았던가. 그 수많은 시체들을 말이다.

'아서라. 무림인이랑은 안 엮이는 게 장수의 비결이다.'

철우의 그 말이 머릿속에서 울렸다.

하지만 진구의 발은 머리와는 다르게 움직였다.

진구는 단리유화를 향해 다가갔다.

"저, 소저."

진구의 입 역시 머리와는 다르게 행동했다.

갑자기 자신을 향해 다가온 사내의 부름에 단리유화의 시선이 그에게로 향했다.

저잣거리 어디서나 흔히 볼 수 있는 평범한 남자였다.

"어딘가를 찾으시는 것 같으신데… 혹 도움이 필요하십니까?"

마침 필요하던 물음을 사내가 던졌다.

모용연에게 들은 위치를 단단히 기억했다고 생각했으나 막상 와보니 찾기가 어려웠다.

모용연이 설명하면서 가장 찾기 쉬운 묵린의 존재를 깜빡 빠뜨린 것이다.

검고 흰 줄무늬를 가진 큰 개가 있는 집이라 했으면 금방 찾을 수 있었을 텐데 그 말을 하지 않았다.

비슷한 집들이 많은 골목이었기에 단리유화는 근처까지 와서 헤매고 있었다.

근처 집에 물어볼까 했지만 조금만 더 찾아보자, 조금만 더 찾아보자 하며 미루던 차였다.

그런데 먼저 도와주겠다는 사람이 나타난 것이다.

"아, 고마워요."

"전 동쪽 성문 수문 조장을 맡고 있는 추진구라고 합니다."

진구는 조장이 되고 처음으로 자신의 직책을 이렇게 말했다. 자신을 알아주기를 바라는 마음에서 말한 것이지만 금세 후회했다.

'무림인이 겨우 병사들의 조장 따위를……'

"아, 추 조장이시군요. 전 단리유화라 합니다."

그러나 진구의 예상과는 달리 그녀는 정중히 인사를 받아주었다.

'단리유화라… 이름도 곱구나.'

온갖 망상이 머릿속을 헤집었다.

"저, 장홍원이라는 분을 찾고 있어요."

그 말에 진구의 기분이 푹 떨어졌다. 자신의 친구를 찾는다고 하니 도움을 주는 것은 쉬웠지만, 자신의 친구를 찾는다는 사실에 기분이 가라앉았다.

홍원이나 자신이나 볼 것 없는 필부이건만, 어째서 홍원을 찾는 것일까 하는 생각이 든 것이다.

"아, 홍원이를 찾으시는군요."

"아시나요?"

"죽마고우입니다."

진구의 대답에 단리유화의 얼굴에 웃음꽃이 피었다.

그녀로서는 너무나 기쁜 말이었다.

'예, 예쁘구나.'

그 모습에 진구는 헛생각만 떠올렸다.

"그런데 제 친구는 왜 찾으시는지?"

"아, 제가 동면에서 약초를 찾는데, 그분이 실력 있는 약초꾼이라 들었어요."

그 말에 진구는 속으로 안도의 한숨을 내쉬었다.

'그런데 내가 뭐라고 이러는 거지?'

순간 진구의 머릿속에 스스로에 대한 의문이 떠올랐지만, 몸은 그런 의문을 무시했다.

"아, 그 녀석이 동면에서 괜찮은 약초를 곧잘 캐오고는 하지요. 이쪽입니다."

진구가 앞장서 홍원의 집으로 안내했다.

그렇잖아도 진구도 그리로 가는 길이었다.

'이러려고 아침에 눈이 떠졌고, 발길이 홍원의 집으로 향했나 보구나.'

걸음을 옮기며 진구는 생각했다. 결국은 머리마저도 이상해 지기 시작했다.

'이런 게 인연이라고 하는 건가… 운명이라고 하는 건가……'

헛된 상상의 나래를 마음껏 펼치고 있었다.

"멍!"

그때 들려온 개가 짖는 소리에 진구는 망상에서 깨어났다.

'저 똥개가.'

자신을 알아보고 반갑다고 짖은 묵린이건만, 지금 진구의 눈에는 그저 훼방꾼으로 보인 것이다.

묵린의 짖는 소리에 홍산이 밖으로 나왔다.

"어, 진구 형님. 안녕하세요."

진구를 발견하고 꾸벅 인사를 한다. 진구의 뒤에 서 있는 단리유화를 보았으나 동요가 없었다.

모용연의 얼굴을 매일같이 보고 지냈기에 미인에 대한 면역 이란 것이 생겼다면 생긴 것이다.

"그런데 형님 외출하셨는데요."

홍산의 이어진 말에 진구가 단리유화를 쳐다보았다.

"홍원이 집에 없다고 하는군요."

그 말에 그녀의 얼굴에 진한 실망의 기색이 어렸다.

두 사람의 모습에 홍산은 고개를 갸웃거릴 뿐이다.

"뭐, 오늘 중으로는 오겠지요. 외박을 하게 되면 가족에게는 꼭 알리는 녀석이니까요."

그러면서 홍산을 바라보았다.

"네, 점심 전에는 돌아오겠다고 나가셨어요."

"그러면 기다리죠, 뭐."

그러면서 진구가 성큼성큼 싸리문을 열고 안으로 들어섰다.

"어머니, 저 왔습니다. 안녕하시죠?"

그리고 넉살 좋게 어머니께 인사까지 했다.

"진구로구나? 어서 오너라. 어쩐 일이야?"

"홍원이 찾는 손님이 있어서 모시고 왔어요. 약초를 의뢰할 게 있다나 그러시네요."

그 말에 어머니가 잠시 나왔다. 단리유화를 발견하고는 허리를 숙였다.

"누추하지만 잠시 들어오셔서 기다리시지요. 점심 전에는 온다 했으니 오래지 않아 올 겁니다."

그제야 단리유화가 조심스레 들어왔다.

홍원이 옆 마당에 지어놓은 작은 별채의 방으로 그녀를 안내했다.

진구는 그 방 앞의 평상에 걸터앉았다. 날이 아직은 조금 쌀쌀했지만 그렇다고 그녀와 한 방에 들어갈 용기가 나지 않았다.

그때 어머니가 진구를 불렀다.

"진구야."

"네, 어머니."

"손님방에 불을 좀 넣어야겠구나. 냉골이야."

그 말에 진구는 장작을 가지고 구들 아궁이로 가서는 불을 때기 시작했다.

"형님, 제가 도와드릴게요."

홍산이 진구에게 다가왔지만 진구는 손을 휘휘 저었다.

"애들이 불장난하면 밤에 오줌 싼다."

그러기를 얼마 후, 아궁이 속에서 불이 활활 타올랐다. 방에는 따뜻한 온기가 감돌았다.

"괜찮으십니까?"

진구가 방 앞으로 다가가 물었다.

"괜찮습니다. 과한 대접에 몸 둘 바를 모르겠네요."

단리유화의 말에 진구는 평상에 앉으며 피식 웃었다.

"친구에게 일을 맡기시러 오신 손님인데요. 당연한 일입니다."

그 사이 어머니께서 내온 차를 진구가 방으로 가지고 들어 갔다.

"조금만 더 기다리시면 올 겁니다. 시간 약속은 잘 지키는 녀석이에요."

차를 내려놓은 진구는 은근슬쩍 방 안의 다른 의자에 앉았다. 그러고는 연신 힐끔거리며 단리유화의 얼굴을 훔쳐보았다. 이리 보고 저리 봐도 너무나 아름다웠다.

그렇게 얼마나 있었을까, 홍원이 돌아왔다.

집에 다다른 홍원은 어이가 없었다.

단리유화가 설마 자신의 집에 왔을 줄이야.

무유팔절검해로 살기를 충분히 날려 버린 후 죽림의 복장은 봇짐으로 매고 집으로 왔더니 그녀가 와 있었다.

그것도 진구와 함께 있다.

'경천회에 인사만 하고 떠난다고 하지 않았던가?'

그런 의문이 머릿속에 있을 때 홍산이 다가왔다.

"진구 형님이 손님을 모시고 왔어요. 약초를 부탁할 게 있다는 손님이라고 하시네요."

그 말에 대강 사정이 그려졌다.

영약을 찾기가 그녀의 능력으로는 요원하니 솜씨 좋은 약초꾼을 찾은 것일 테다.

그러다가 자신을 찾은 것이고.

'그런데 진구 녀석은 왜?'

일단 어머니의 보챔에 홍원은 별채로 향했다.

종종 찾아오는 친구들 때문에 마당의 빈 공간에 지은 것이다. 홍원의 집은 그 크기에 비해 마당이 넓었다. 아버지께서 그리 터를 잡으신 덕이다.

"어, 왔냐!"

홍원이 문을 열고 들어서니 진구는 마치 제 방인 양 홍원을 반겼다.

그 모습에 어이가 없어 피식 웃음이 나왔다.

"아침에 눈이 일찍 떠져서 네 녀석 얼굴이나 볼까 하고 오는 길에 단리 소저께서 네 녀석을 찾으신다 해서 모시고 왔다."

어찌 된 영문인지 그제야 완전히 알 수 있었다.

자신의 집을 찾는 단리유화를 자신의 집으로 찾아오던 진구가 우연히 만난 것이다.

"이곳을 찾지 못해 헤매다가 추 조장님 신세를 지게 됐습니다. 안녕하세요. 단리유화라고 합니다."

단리유화가 일어나 홍원에게 정중히 인사를 건넸다.

"장홍원입니다. 저 같은 필부를 어찌 찾으셨는지요?"

"모용 소저께서 실력 좋은 약초꾼이라고 소개를 해주셔서요."

'모용연……'

어찌 항시 자신에게 귀찮은 일을 넘기는 그녀라는 생각이 들었다.

이제야 모든 조각이 맞춰졌다.

그렇다면 어이해야 할까.

도와줘야 할까.

외면해야 할까.

그녀가 북면에 가겠다는 말도 안 되는 소리를 한다면야 칼같이 거절하는 것은 쉬운 일이다.

이미 모용연의 경우가 그랬었다.

한데 단리유화는 모용연에게 듣고 온 것이 있는 듯했다.

"동면의 지리를 잘 아시고 약초를 찾는 데 능하시다 들었어요."

모용연은 어찌 그 사실을 아는 걸까.

그때 어머니의 심부름으로 홍해가 다과 소반을 가지고 왔다.

"제가 산이 오빠랑 모용 언니한테 오빠 엄청 대단하다고 이야기 자주 했어요."

방으로 들어오면서 이야기를 들은 홍해가 자랑스레 말했다.

자신의 자랑 덕에 오라버니에게 일거리가 들어왔다 생각하는 듯했다.

그리고 홍원은 홍해의 이야기에 속으로 낮게 한숨을 쉬었다.

결국 이 사달의 시작은 동생들이었다.

소중한 동생들을 나무랄 수도 없었다.

동생들이 인연의 시작점을 만들었다.

아무래도 도와주어야 할 것 같았다. 자신이 떠나라 했는데, 자신을 찾아와 도와달라 하니.

세상, 아니, 인연은 요지경이다.

＊　　　　＊　　　　＊

선문강의 얼굴이 잔뜩 일그러졌다.

그의 손에는 구겨진 종이가 들려 있었다. 조금 전 전서응을 통해 도착한 은밀한 서신이다.

암영대주가 보낸 것이다.

"곤란하군."

숭무련은 무림 대회 준비를 위해 한창 정신없이 바쁜 때다.

암영대가 일을 잘 처리할 것이라 생각하고 있었는데 일이 꼬여 버렸다.

암영대주가 복귀 중이라고 했으니 직접 만나서 이야기를 들어봐야겠으나 도무지 믿을 수가 없었다.

읍성에 정체불명의 절대고수가 있었다니 말이다.

"신도 련주가 그놈을 그렇게 죽여 버릴 줄은 생각지도 못했는데 말이야……. 그래서 더더욱 단리유화가 필요한데……."

선문강은 머리가 지끈거리는 것을 느꼈다.

진인사대천명이라고 했던가.

그가 아무리 일을 잘 꾸며도 꼭 하나씩 예상치 못한 일로 틀어진다.

신도 련주의 돌발 행동이 그랬고, 이번의 일이 그렇다.

현재 그가 장악한 은밀한 칼은 암영대가 전부였다. 그리고 그 암영대의 절반이 투입된 상황이었는데, 극히 일부만 살아오고 있다고 한다.

심지어 단리유화도 처리하지 못하고, 자신의 힘에 손실까지 입었다.

자신이 생각한 그림이 계속해서 어긋나고 있었다.

'단리유철, 그 녀석이 그렇게 죽지만 않았어도 단리유화 그년이 이렇게 빨리 련을 떠나지는 않았을 텐데…….'

밖에서 처리하려다가 의외의 변수 때문에 실패를 하게 된 것이, 그리고 자신의 계산이 어긋난 것에 대한 원인이 꼭 그의 죽음 때문인 것만 같았다.

단리유철.

단리유화의 쌍둥이 남동생이다.

그리고 신도운악이 죽기 이틀 전, 신도운악의 손에 죽었다.

당시 단리유화는 거의 정신이 나가 있었다.

그녀가 정신을 차린 것은 신도운악이 죽었다는 소식을 들었을 때다.

동생의 죽음이 준 충격이 컸던 것일까.

그녀는 동생의 존재 자체를 모르는 사람인 양 행동했다.

잊으려고 노력을 하는 것인지, 정말로 충격으로 동생에 대한 기억이 사라진 것인지는 오직 그녀만이 알 일이다.

신도운악이 단리유철을 죽인 것은 선문강의 계산 착오였다.

설마 신도운악이 한 달에 한 번씩 결산하던 그의 비밀 금고를 하필이면 이십 일 만에 다시 결산할 줄은 몰랐다.

그야말로 돌발 행동이었다.

그리고 그 비밀 금고의 돈을 단리유철이 훔쳐냈다는 사실을 그토록 빨리 알아낼 줄 또한 몰랐다.

단리유철과 단리유화.

만약 죽림이 신도운악을 죽이는 데 성공을 한다면 적당한 때를 봐서 그들 남매를 암살 의뢰범으로 잡아들일 생각이었다.

증거는 모두 모아두었으니까.

그런데 신도운악이 죽기 이틀 전에 단리유철이 그의 손에 먼저 죽어버렸다.

사부가 제자를 직접 죽이다니.

절대 소문이 나서는 안 될 일이었다.

더욱이 군자 중의 군자로 소문난 신도운악 아니던가.

신도운악의 그 본모습을 아는 비선들은 극히 일부의 몇몇이다. 선문강도 그중 한 명이었다.

그 뒤처리를 하는 곳에 선문강도 있었다.

화골산으로 그 시체를 녹이는 것을 선문강은 가만히 보고만 있어야 했다. 한쪽에서 단리유화가 그 모습을 보고 미쳐가고 있었으나 비선들 중 그 누구도 그녀에게 신경 쓰지 않았다.

지금도 단리유철은 공식적으로는 은밀한 강호 외유 중으로 되어 있었다.

단리유화는 신도운악이 죽었다는 소식이 들릴 때까지 이틀 동안 그저 자신의 방에서 넋이 나간 채 하염없이 눈물만 흘리고 있었다.

그런 그녀의 이상행동이 문제가 될 뻔했으나, 신도운악의 죽음이 모든 것을 덮어버렸다.

단리유철에게 신도운악의 비밀 금고에 대해 알려준 것도 선문강이었다.

단리유철은 단리유화에 비해 무공에 손색은 있었지만 담대한 성격이었으며 은밀히 진행해야 하는 일에 능숙했다.

해서 단리유철에게만 알렸다. 단리유화까지 알았다가 일이 틀어질 가능성이 있었기 때문이다.

그런데도 틀어져 버렸다.

신도운악의 비밀 금고에 대한 집착이 그 정도일 것이라 예상치 못한 것이 실수라면 실수다.

하지만 그곳을 털지 않을 수 없었다.

신도운악의 암살 의뢰에 필요한 의뢰비.

다른 곳에 흔적을 남기지 않고 그 큰돈을 구할 수 있는 곳은 그의 비밀 금고밖에 없었으니 말이다.

죽은 자를 살아 있는 것으로 해놓았으니, 그를 암살 의뢰인으로 추포하는 데 문제가 생겨 버린 것이다.

시체조차 없애 버렸기에 난감해져 버렸다.

련주의 암살은 오직 그 혼자서 그린 그림이다. 그 그림의 배경으로 단리유화와 단리유철을 이용한 것이고.

당장 단리유철을 범인으로 지목하려니 그러려면 그의 죽음을 밝혀야 하고 그러면 신도운악의 치부를 밝혀야 한다.

절대 그럴 수 없었다.

숭무련의 위신 문제였다.

아니, 그 이전에 다른 비선들이 가만히 있지 않을 것이다. 선문강이 신도운악의 치부를 밝히려는 움직임을 보이게 된다면 그들 손에 그가 먼저 죽었을 것이다.

단리유화의 단독 범행으로 증거를 만들려면 당시 선문강의 위치에서는 힘든 일들이 매우 많았었다.

공야무가 련주에 오르고 선문강이 군사가 되고 나서야, 그 증거를 완벽히 준비할 수 있었다.

그리고 막 모든 증거를 완벽히 준비했을 때, 공야무의 허락을 얻은 단리유화가 련을 떠났다.

당시에는 차라리 잘됐다 싶었다.

모든 증거를 모은 이상 그녀를 생포할 이유는 없었다. 밖에서 죽이고 깔끔하게 모든 것을 처리하는 것이 나을 듯했다.

괜히 생포했다가 그녀가 쓸데없는 말을 하는 것보다는 훨씬 나았다.

그런데 다시 한 번 일이 꼬여 버렸다.

신비의 절대고수라니.

무슨 소설 속에서나 나올 법한 일이 일어나 자신의 일에 훼방을 놓는단 말인가.

거기에 경천회까지 엮였다.

"후우, 아무래도 당분간은 그냥 놔둬야겠군."

어쩔 도리가 없었다. 일단은 숭무련의 내실을 다져야 한다.

지금 련주는 공야무이지만, 선문강 자신이 언제까지 군사로만 있지는 않을 것이다.

*   *   *

"제가 그렇게 대단한 사람은 못 됩니다. 너무 큰 기대는 하지 마십시오."

홍원의 말에 단리유화의 얼굴에 화색이 돌았다.

"아니요. 모용 동생의 소개가 아니더라도 장 공자님의 실력은 이미 알고 있었어요. 서희 상단을 도와준 약초꾼이시라는 것도 알고 있어요."

모용연의 추천만으로 찾아온 것이 아니었다.

객잔에서 들었던 그 약초꾼 장 씨가 모용연이 알려준 이와 동일인임을 확인했다. 그래서 이곳을 찾은 것이다.

모용연이 집의 위치를 알려주었기에 더 쉬이 근처까지 올 수 있었다. 거기에서 진구를 만난 것은 운이 좋았던 것이고.

홍원의 표정이 묘해졌다.

설마 자신이 종현을 도와준 소문이 알음알음 나고 있는 줄은 몰랐다.

천화국을 다녀온 지 며칠이나 됐다고 벌써 소문이 조금씩 퍼진단 말인가.

"언제부터 동면에 들어가실 생각이십니까?"

홍원의 물음에 그녀의 얼굴에 결연한 빛이 떠올랐다. 홍원은 그녀가 뭐라 대답할지 알고 있었다. 그러나 물어야 했다. 그녀의 사정을 아는 이는 죽림이지, 홍원이 아니니까.

"당장이요."

역시나 예상한 대답이 나왔다.

"알겠습니다. 준비하는 동안 잠시 기다려 주시지요."

홍원이 자리에서 일어나 방을 나섰다.

오라버니가 지금 당장 약초를 캐러 가야 한다는 이야기에 홍해의 얼굴에 근심이 떠올랐다.

자신이 괜한 자랑을 해서 오라버니가 힘들어진 건 아닌가 하는 생각이 든 탓이다.

홍원은 그런 홍해의 머리를 쓰다듬었다.

"해아 덕분에 일거리가 생겼구나."

그 말에 홍해의 얼굴에 웃음이 맺혔다.

홍원은 그 웃음이 좋았다.

어머니께 사정을 말씀드리고 옷가지와 짐을 꾸렸다. 제법 큰 등짐을 짊어졌다. 망태기와 호미, 그리고 지팡이도 챙겼다.

이것이 보통의 약초꾼의 행색이다.

"이제 가시지요."

"네. 고마워요."

진구도 따라 일어나 움직였다. 그렇게 세 사람은 읍성 서문으로 움직였다.

"동면에 영약이라 할 만한 약초도 있다고 들었어요."

단리유화의 물음에 홍원이 고개를 끄덕였다.

"아주 가끔 나옵니다. 산신이 도와야 할 일이지요."

"부디 그런 일이 있었으면 좋겠어요. 서희 상단을 도와주신 때처럼요."

단리유화는 이미 홍원이 동면에서 영약을 캤었던 일이 있음을 알고 있다. 그래서 이번에도 그렇게 되기를 바라고 있었다.

"상당히 좋은 약초가 필요하신 모양입니다."

홍원의 물음에 단리유화는 당연하다는 듯 답했다.

"저는 무림인이에요. 무림인이 약초를 찾는 이유는 두 가지죠. 치료와 내공이요. 전 후자예요."

내공을 늘려줄 효과를 가진 약초라면 동면에서 쉬이 찾을 수 없을 것이라는 사실을 그녀도 잘 알았다.

"보수가 제법 나오겠군요."

홍원의 말에 단리유화가 우뚝 멈춰 섰다.

덩달아 홍원과 진구의 걸음도 멈췄다.

'바보같이. 그걸 잊고 있다니.'

단리유화의 얼굴이 빨갛게 변했다.

죽림의 위협에 마음이 급해져 그만 자신이 약초꾼 장 씨의 소식을 들었을 때 가졌던 가장 큰 고민을 잊고 말았다.

암영대의 습격에 정신이 없는 상태에서 죽림을 만나 마음이 급해진 탓이 컸다.

그래도 너무 막무가내로 움직였다는 생각이 들었다.

가장 중요한 문제를 까맣게 잊고 말이다.

'돈이 얼마 없는데……'

그렇다.

그녀는 홍원에게 보수로 줄 만한 돈을 가지고 있지 않았다. 전부 사부 덕분이다.

대놓고 영약을 바란다고 이야기하고서는 지금 돈이 없다고 하다니.

홍원과 진구는 가만히 단리유화를 바라보았다.

그녀는 고개를 푹 숙이고 있었는데, 얼굴은 불에 타오르듯 붉게 변해 있었다.

그 모습에 홍원은 어찌 된 연유인지 대번에 알 수 있었다.

'돈이 없군.'

신도운악의 암살을 위한 조사에서 그가 제자들을 어찌 관리했는지 알고 있었다.

그래서 의문을 가지기도 했었다.

그들 남매가 어떻게 그렇게 큰 의뢰금을 준비했을까 하고 말이다.

'잠깐, 그러고 보니…….'

홍원은 다시금 단리유화를 바라보았다.

그러고 보니 잊고 있었다.

자신에게 신도운악의 죽음을 의뢰한 이들은 쌍둥이 남매였다.

단리유화 혼자가 아니었다.

단리유화가 홀로 너무나 당당히 움직이고 있어서 미처 그녀의 남동생에 대해 생각이 미치지 못했다.

'선문강을 피해서 숭무련을 나온 것이라 했는데 어째서 혼자지?'

아침에 만났을 때는 미처 생각지 못한 것이 이제야 의문이 되었다.

당시 그들 남매의 사이는 무척이나 좋았다.

서로가 서로에게 의지하며 살아가는 존재들이었다. 그 악마 같은 사부의 손아귀에서 말이다.

단리유화가 얼굴이 빨개진 채 아무 말도 못 하는 동안 홍원 역시 상념에 잠겼기에 잠시 동안 세 사람은 그렇게 우두커니 서 있었다.

"저, 단리 소저. 왜 그러시는지요?"

침묵을 깬 건 진구였다.

그로서는 무림의 고수가 돈이 없어 고민 중이라는 것은 상상도 못 할 일이니까 말이다.

"저, 그게……."

"일단 원하시는 영약부터 찾아보고 보수는 정하도록 하시지요."

홍원이 먼저 말했다.

모질게 잘라낼 기회였음에도 그러지 못했다.

죽림이 아닌 홍원이었기에.

그리고 그녀의 모습에 자신의 동생들의 모습이 겹쳐졌기 때문이다.

'이러면 안 되는데…….'

아무리 그렇게 생각을 해도 마음이 가는 곳은 달랐다.

사흘 정도의 시간이 흘렀다.

어느새 밤이 찾아왔다.

괜찮은 약초가 눈에 제법 띄었으나, 그건 어디까지나 보통 사람의 기준이다.

무림인의 내공을 늘려주는 효과를 기대하기에는 부족한 것들뿐이었다.

단리유화는 서둘러 그냥 동면으로 들어섰기에 아무런 준비가 되어 있지 않았다.

식사도 홍원의 건량을 나누어 받아먹었다.

잠자리도 홍원의 도움을 받았다. 아직은 추웠기에 토굴을 파 그 속에서 밤을 보냈다.

단리유화는 홍원이 토굴을 파는 양을 지켜보고는 자신이 머무를 곳은 자신이 준비했다. 내공을 이용하였기에 금세 준비할 수 있었다.

그 모습은 홍원에게는 의외였다.

나름 높은 신분의 무림의 여인이 땅을 파 굴을 만드는 작업을 아무렇지도 않게 하다니 말이다.

토굴 속에서 덮을 것은 홍원이 챙겨온 짐에 있었다. 이런 일이 있을 것이라는 걸 예상이라도 한 듯 털가죽 두 장이 나왔다.

큰 등짐을 준비한 것이 이런 상황을 예상한 듯했다.

단리유화는 자신이 너무 막무가내로 산에 들어섰구나 하는 생각에 세삼 부끄러워졌다.

이렇게 홍원과 함께하고 보니, 북면에 도전했을 때의 자신은 정말로 무모했다는 생각이 들었다.

'전문가는 다르구나.'

세 번째로 판 토굴에 털가죽을 덮고 누워서는 멍하니 작은 입구를 통해 보이는 별을 보며 생각했다.

그리고 다시 보수에 대한 걱정이 떠올랐다.

아직 영약은 찾지 못했지만 이런 도움을 받고 있는데, 아무 소득이 없더라도 그에게 적절한 보수를 챙겨줘야겠다는 생각이 들었다.

하지만 돈이 여유롭지가 않았다.

밤이면 찾아오는 고민이다.

"죄송합니다. 오늘도 한참을 헤맸는데 소득이 없군요."

그때 옆에 있는 토굴에서 홍원의 목소리가 들렸다.

"아니에요. 오히려 제가 짐만 되는 것 같아서 죄송해요."

홍원이 아니었다면 이렇게 편안한 잠자리도 없었을 것이다. 동면은 맹수가 없기에 딱히 경계가 필요 없다는 홍원의 말에 그냥 편히 쉬고 있었다.

북면에서는 상상도 할 수 없는 일이었다.

조금이라도 긴장을 풀라치면 여지없이 맹수가 나타났다.

그런 경험에 비하면 지금은 그야말로 편안한 여정이었다. 사흘이 지났음에도 아무런 소득이 없는 것은 아쉬웠지만 말이다.

평온하고 고요한 동면은 단리유화에게 마음의 안정을 찾아 줬다.

지금까지는 계속해서 무언가에 쫓기는 듯 지냈다.

치열하게 투쟁하듯 살아왔다.

그렇게 지내야 하는 삶이었다.

애써 기억에서 지운 그날 이후 더욱 그랬다.

마음에 안정이 찾아오니 불현듯 그날이 떠올랐다. 원수는 이미 죽었지만.

숨이 끊어진 동생을 둘러싼 그들의 모습을 잊을 수가 없었다.

'선문강……'

그들 중 한 명이었다.

그때서야 짐작하게 되었다. 자신이 이용당했음을.

아니, 자신들이 이용당했음을 말이다.

동생의 죽음.

그것은 선문강도 예상외의 일이었던 모양이었다. 사부의 죽음 이후의 련의 급박한 움직임을 보면 말이다.

동생이 떠오르니 가슴 한쪽이 아련해졌다.

향산은 신기한 곳이다.

숭무련에 들어선 이후 지금처럼 마음이 차분했던 적은 없었다.

머리가 맑아졌다.

그리고 지금까지 정리되지 않고 혼란스럽던 것들이 모두 정리가 되는 듯했다.

가만히 동면의 밤하늘을 올려다보았다.

홍원은 가만히 있었다.

단리유화의 몸에 흐르는 기운의 움직임이 달라진 것을 느낀 것이다.

'의외로군.'

깨달음은 늘 갑작스레 찾아온다지만, 설마 이런 식으로 그녀가 깨달음의 단계에 들어설 줄은 몰랐다.

홍원은 가만히 기감을 넓혀 주변을 살폈다.

이곳은 안전한 곳이 확실했지만 모든 일은 꼼꼼이 살피는 것이 좋았다.

깨달음에 들어선 그녀는 작은 소란에도 오히려 충격을 받을 수 있었다.

홍원은 예상치 못하게 그녀의 호법이 되었다.

'깨달음을 얻게 된다면 굳이 영약이 필요할까?'

문득 그런 생각이 들었다.

하지만 아마 필요하다고 하리라.

그녀는 강해지고 강해져도 모자라다 생각할 것이다.

그녀를 노리고 있는 이가 선문강인 이상은 말이다. 숭무련의 군사이자 후일 숭무련주가 되는 자다.

그자의 손에서 살아남으려면 끝없이 강해져야 할 것이다.

밤의 시간은 느리게 흘러갔다.

단리유화는 그 느린 시간 동안 깨달음의 바닷속을 헤엄치고 있었다.

조금씩 조금씩 몸으로 체화되는 그 깨달음.

단리유화의 두 눈이 살며시 떠졌다.

털가죽을 덮고 누워 밤하늘을 보다가 느닷없이 찾아온 깨달음이라니.

'이런 것이로구나.'

첫 경험이다.

깨달음이라는 것은 머리끝부터 발끝까지 찌르르한 전율을 일으키는 무언가가 있었다.

머리가 맑았고 몸이 가벼워졌으며 눈이 밝아졌다.

그리고.

냄새가 많이 났다.

자신의 몸에서, 옷에서, 그리고 털가죽에서 마저.

악취가 피어 올랐다.

단리유화의 얼굴이 새빨갛게 물들었다. 깨달음의 여운은 악취에 대한 부끄러움에 저 멀리 날아가 버렸다.

"잠시 나오시죠."

그때 홍원의 목소리가 들렸다.

그 말에 혹시나 이 악취를 홍원도 느꼈을까 하는 부끄러움이 차올랐다.

토굴 안에 가득찬 악취로 보아 자신이 나간다면 더한 냄새가 사방으로 퍼지리라.

이러지도 저러지도 못하고 망설이고 있었다.

"가까운 곳에 적당한 폭포와 소가 있습니다."

홍원의 말에 단리유화의 얼굴은 더욱 빨갛게 물들었다.

'냄새가 나는구나.'

깨달음에 대한 기쁨보다 냄새에 대한 수치심이라.

무림인이라 하지만 단리유화 역시 여인이었다.

홍원은 그 말을 남기고 묵묵히 걸음을 옮겼다. 그녀의 심정을 짐작하는 듯했다.

자신이 천천히 움직이면 그녀는 따라오리라.

아직 어둠이 깔린 산속이지만 그녀 정도의 고수라면 자신의 흔적을 쫓는 것은 어려운 일이 아니다.

불과 잠시 전의 움직임을 쫓는 것은 고수에게는 그렇게 어려운 일이 아니다. 더군다나 홍원은 일부러 깊은 족적을 남기며 걷고 있었다.

아니나 다를까 칠 장(대략 21미터)쯤 뒤에서 자신을 쫓아오는 그녀의 기척을 느낄 수 있었다.

홍원은 피식 웃었다.

그리고 계속 걸음을 옮겼다.

홍원은 동면의 곳곳을 잘 알았다. 그동안 수련만 한 것도 아니고, 산의 길만 움직인 것도 아니다.

실제로 동면을 헤매며 사냥도 하고 약초도 캤다.

읍성에서 동면의 지리를 가장 잘 아는 이는 아마도 자신이라고 자신했다.

보통 사람이 움직이는 범위와 자신이 움직이는 범위는 그 차원이 달랐으니까.

일각쯤 걸어 제법 그럴 듯한 소에 도달했다.

그곳에는 일 장 높이의 작은 폭포도 있었다.

홍원은 소에 도착하자 한쪽으로 비켜섰다. 단리유화가 자신을 신경 쓰지 않고 씻을 수 있도록 멀찍이 물러서 소를 등지고 나무에 기대앉았다.

찰랑.

단리유화가 물속으로 들어가는 소리가 들렸다.

그녀는 늑대 가죽을 한 손에 들고 옷을 입은 채로 소로 들어갔다.

그리고 물속을 자맥질하며 몸의 악취를 씻어냈다.

털가죽도 몇 번이나 물속을 들락거렸다.

그리고 폭포 아래로 가 온몸으로 폭포수를 맞았다.

물에 젖은 옷이 몸에 찰싹 달라붙어 그녀의 몸의 유려한 곡선을 그대로 드러냈다.

하늘의 달은 잔월이었다.

어두운 밤하늘을 잔월과 별들만이 밝히고 있었다.

어둠 속의 은근한 빛을 받은 그녀의 몸은 너무도 아름다웠으나, 그것을 보는 이는 없었다.

홍원은 그저 나무에 기댄 채 두 눈을 감고 있었다.

얼마나 그렇게 몸을 씻었을까.

단리유화는 소 밖으로 걸어 나오면서 온몸의 내공을 일으켰다.

이전보다 내공의 수발이 훨씬 편안하고 자연스러웠다.

내공을 열기로 일으켜 순식간에 몸과 옷을 말렸다.

털가죽도 뽀송뽀송하게 말랐다.

"고마워요. 덕분에 개운해졌어요."

단리유화의 말에 홍원이 그제야 몸을 일으켰다.

"다행이군요. 한데 무슨 일입니까?"

홍원은 아무것도 모른다는 듯이 물었다.

"예상치 못한 기연이 있었어요."

"신기하군요. 무림인은."

홍원은 살포시 웃는 단리유화를 보며 무심히 말했다.

"당신도 무림인이라 들었는데요."

모용연이 알려줬을 것이다.

"뭐, 저는 그냥 보통 약초꾼이라 생각하며 살고 있습니다."

무공에 재능이 없어 다른 길을 간다는 말로 들렸기에 단리유화는 더 이상 묻지 않았다.

두 사람은 근처에 다시 토굴을 만들었다.

이미 홍원은 이곳으로 모든 짐을 가지고 온 터였다.

여전히 그곳은 심한 악취가 진동을 할 테니, 차라리 이곳 근처에 새로 토굴을 파는 것이 나았다.

씻고 나온 단리유화의 옷이 금세 흙먼지로 더러워졌으나 그녀는 아랑곳하지 않았다.

그리고 다시 토굴 속에 편안히 누웠다.

그 어느 때보다 머리가 맑았고 온갖 생각이 정리가 되었다.

그러면서 그녀의 고민 한 가지도 해결이 되었다.

'유철아.'

자신의 동생 단리유철.

그는 죽기 전날, 은밀한 곳에 돈을 숨기고 왔다. 그 장소는 그와 자신 그리고 죽림만이 알고 있다.

죽림에게 줄 성공 보수였다.

어차피 사부의 비밀 금고에서 빼돌린 돈이다.

그들은 의뢰가 성공하더라도 성공 보수를 지급하러 나갈 수 없음을 예상했다.

해서 성공과 실패에 상관없이 미리 돈을 약속된 곳에 은밀히 숨겨 놓았다.

이후 단리유화는 줄곧 숭무련에 있었고, 숭무련이 어떻게 죽림을 쫓는지 대강이나마 알 수 있었다.

그렇게 알게 된 정보로 죽림의 동선을 대강이나마 추측할 수 있었다.

'나도 독한 년이구나.'

동생의 죽음에도 불구하고 그 모든 것을 련주의 제자의 신분으로 정보를 얻고 있었으니.

자괴감이 들었다.

단리유철이 자신의 비밀 금고에 손을 댄 것을 알아낸 사부는 분노했다.

그리고 그들 남매를 찾았다.

신도운악은 늘 하던 대로 단리유화를 탐했다. 그리고 단리유철 또한 탐했다.

아주 어린 시절.

배고픔에 허덕이던 남매가 신도운악을 처음 만났을 때부터 그는 그들 남매에게 그랬다.

금수만도 못한 놈이다. 그놈은.

그렇게 남매를 탐하던 신도운악은 단리유화를 탐하며 그녀가 보는 앞에서 그가 탐하던 단리유철을 죽였다.

그리고 자신의 비선 수하를 부르고는 그곳에서 사라졌다.

그 모든 것을 겪고 지켜보았다.

한 줌의 혈수로 녹아내리는 동생의 시신을 보았다.

미친 척했다.

기억에 없는 척했다.

자신도 살아야 했으니까.

조금만 기다리면 죽림이 사부를 죽일 테니까.

선문강의 저의를 깨닫고 그의 마수가 두려웠지만, 버텨야 했다.

그리고 사부가 죽었다.

그리고 애써 동생을 잊으려 했다.

그러지 않으면 정말로 자신이 미칠 것 같았으니까.

동생의 마지막 말. 사부의 손에 죽으며 자신에게 남긴 전음.

'행복하게 살아, 누나. 꼭 살아.'

그 말이 아니었다면.

지금 자신은 어찌 되었을지 모른다.

그때 단리유화가 얻은 정보로 추측을 해보면 사부가 죽고 열흘 동안 죽림은 약속된 장소 근처에 간 적이 없는 것 같았다.

그 이후 그의 행적은 그 누구도 모른다.

하지만 그곳으로 갔을 것 같지는 않았다. 왠지 느낌이 그랬다.

그렇다면 그때 동생이 숨긴 돈도 그대로 있으리라.

무려 숭무련주의 암살 성공 보수다. 그곳에 무척이나 큰돈이 잠들어 있을지도 몰랐다.

'기다려 줄까?'

그곳까지 가서 돈을 찾아오려면 상당한 시일이 걸릴 것이다. 선문강의 눈도 피해야 했다.

그동안 믿고 기다려 달라고 부탁해도 될 정도로 자신이 홍원에게 신뢰를 쌓았는가 생각해 보았다.

대답은 '아니오'였다.

'그래도 부탁해 볼 수밖에.'

돈을 구할 수 있을 거란 생각이 들자 그녀는 조금은 마음이 편해졌다.

그 돈의 존재는 홍원도 까맣게 잊고 있었다.

신도운악을 죽인 이후는 몸을 빼내는 것만 신경을 썼다. 성공 보수에 대한 것은 은밀한 전서로 은살림에 알렸기에 그 돈에 대해서는 신경을 껐다.

사강도는 그 돈의 존재를 알았지만 챙길 수가 없었다.

숭무련에서 두 눈 시퍼렇게 뜨고 사방을 경계하고, 은살림을 추격했기에 미처 챙길 여유가 없었던 것이다.

그렇게 그 돈은 그곳에 처음 그대로 있었다.

몸이 가뿐하다고 생각했는데, 그렇지 않은 듯했다.

몰려오는 졸음에 단리유화의 눈꺼풀이 사르르 닫혔다.

그녀가 잠든 것을 확인한 홍원은 천천히 토굴 밖으로 나왔다.

깨달음 이후 찾아온 잠이라. 아마 깊게 잠들었을 것이다.

자신과는 경우가 좀 다르기는 했지만 그녀에게서 느껴지는 기척이 그녀가 깊은 숙면에 들었음을 알려주었다.

'그동안의 노고가 몰려온 것인가?'

그렇게 짐작할 뿐이다.

아직 축시의 깊은 밤이다.

해가 지고 곧장 토굴을 속으로 들어갔기에 긴 시간이 흐른 듯해도 여전히 밤의 한가운데였다.

홍원은 단리유화가 잠들어 있는 토굴을 잠시 바라보고는 걸음을 옮겼다.

점점 빨라지는 그 걸음은 길에 전혀 흔적을 남기지 않았다. 홍원은 산의 길로 접어들어 어디론가 빠르게 움직였다.

홍원의 걸음은 거침이 없었다. 산의 길을 통해 빠르게 움직였다.

그런 홍원의 눈앞에 작은 초옥이 나타났다.

초옥이 눈에 보이자 홍원은 발을 멈추고 옷을 정돈했다. 천천히 걸음을 옮겨 초옥 앞에 도착했을 때, 문이 열렸다.

"오랜만이구만."

산인이 문 앞에 서 있었다.

"오랜만에 뵙습니다, 어르신."

홍원이 정중히 허리를 숙였다.

"어서 들어가세."

산인은 홍원을 반가이 맞았다.

"아, 저희 백린에게 도움을 주신 것 정말로 감사드립니다. 미처 찾아뵙지를 못해 감사 인사가 늦었습니다. 죄송합니다."

홍원이 다시 한 번 정중히 허리를 숙였다.

"허허, 뭘 그런 걸 가지고 그러나. 그 녀석이 연이 있으니 그런 게지. 그래, 아직도 아무거나 닥치는 대로 먹고 그러나?"

산인이 궁금하다는 듯 물었다. 그 물음에 홍원은 웃음 띤 얼굴로 고개를 저었다.

"아닙니다. 그때 이후로 그렇게 영약을 탐하지 않는 것 같더군요."

"그럴 게야. 보통 대단한 걸 먹었어야지. 그거 소화시키는 데만도 한참 걸릴 거야. 허허."

산인은 수염을 쓰다듬으며 웃음을 흘렸다.

"그래, 오랜만에 예까지는 무슨 일인가?"

산인의 물음에 홍원의 얼굴이 머쓱해졌다. 묵린에게 도움을 준 것만도 큰 신세를 진 것인데, 또 부탁을 하러 오지 않았던가.

산인은 그런 홍원을 가만히 바라보았다.

이윽고 홍원의 입이 움직였다. 홍원은 저간의 사정을 천천히 이야기했다.

홍원의 이야기가 끝나자 산인이 입을 열었다.

"그러니까 자네 말은 내가 그냥 약초꾼 행세를 하며 그 소저에게 영약을 하나 줬으면 한다는 말이구만."

"그렇습니다."

대답을 하는 홍원은 조심스러웠다.

혹여나 산인이 언짢아하지는 않을까 염려하는 것이다.

"재미있겠구만. 그렇잖아도 혼자 이곳에서 이리 지내니 무료하던 참이라네."

산인이 웃으며 말했다.

"감사합니다."

"한데 그 영약은 구했는가?"

산인의 물음에 홍원이 자리에서 일어나며 말했다.

"이제 구해야지요."

그런 홍원의 모습에 산인이 고개를 끄덕였다.

"그 경지가 대단하구만. 이제 거의 향산과 하나가 되려는 것 같으이."

"과찬이십니다."

산인의 칭찬에 홍원은 손을 내저었다.

"어서 다녀오게나. 나도 준비를 좀 하지."

산인이 몸을 일으키며 말했다.

초옥을 나온 산인은 집 뒤편으로 향했다. 그도 소일 삼아 간혹 약초 채집을 했기에 그곳에 망태기와 호미 같은 채집 도구가 있었다.

홍원은 빠른 속도로 달려 북면으로 진입했다.

깊은 밤이지만 그의 두 눈에는 향산의 기운이 너무나 일목요연하게 보였다. 곳곳에 영약이 숨어 있는 듯한 빛이 희미하게 홍원의 눈에 들어왔다.

홍원은 그곳을 빠르게 움직이며 영약의 종류를 확인했다.

그중 눈에 띄는 녀석이 있었다.

하수오였다.

"대강 오백 년 정도는 묵은 것 같군."

상태도 굉장히 좋았다.

혹자가 말하는 천년하수오나 만년하수오 같이 긴 세월을 이겨낸 것들은 영약 중의 영약이다.

그런 것에 비하면 손색이 있지만 오백 년을 묵은 하수오도 충분히 대단한 영약이었다.

홍원은 조심스레 하수오를 채취했다. 아무런 도구가 없었음에도 손에서 이는 내공이 흙을 부드럽게 헤치며 수월하게 채취했다.

"이 정도면 이삼십 년 정도의 내공은 얻을 수 있을 거야. 본인이 얼마나 그 기운을 흡수해 내느냐에 달렸지만."

자신이 도와줄 수 있는 것은 여기까지인 것 같았다.

이보다 더 뛰어난 영약도 있었지만 너무 과해도 좋을 건 없다는 생각이 들었다.

홍원이 다시 초옥으로 돌아왔다.

"훌륭한 하수오로구만."

산인이 홍원의 손에 들린 것을 보고 말했다.

"내 생각에도 그 정도면 적당할 것 같군. 잘 골랐네."

산인은 홍원에게서 하수오를 받아 망태기에 넣었다. 그리고 두 사람은 산의 길을 따라 천천히 걸었다.

"그간 어찌 지냈나?"

산인이 물었다. 단리유화와 만나기 이전을 묻는 것 같았다.

홍원은 이곳에서 기연을 얻어 떠난 이후의 일을 천천히 말했다. 산인에게는 아무것도 숨기지 않아도 괜찮을 것이란 생각이 들었다.

마치 사부와 함께 있을 때와 같은 편안한 안정감이 느껴졌다.

"호오. 남면에도 다녀왔구만. 나야 향산에 산다 해도 주로 북면 근처에만 있으니 말이야."

산인은 간혹 나오는 자신의 사제 이야기에 감회가 새로웠으나 굳이 내색하지는 않았다.

홍원의 이야기를 모두 들은 산인이 문득 물었다.

"한데 자네는 왜 자신을 그리 숨기고 사는 것인가?"

"그냥 고향에서 평범히 보통 사람처럼 살고 싶습니다."

홍원이 천천히 걸음을 옮기며 답했다.

"평범한 보통 사람이라… 그게 어떤 사람인가?"

다시 돌아온 물음이다.

홍원은 잠시 생각했다.

평범하게 보통 사람처럼 살겠다고 마음만 먹었지, 산인이 묻기 전까지는 평범하게 보통 사람처럼 사는 것이 어떤 것인지 생각하지 않았던 것이다.

그저 무공이 없는, 자신의 친구 진구 같은 삶을 살면 되지 않을까 생각했을 뿐이다.

홍원은 그렇게 답했다.

"그것이 보통 사람일 거라 생각하는가?"

다시 돌아온 물음.

이번에는 홍원은 아무 답도 하지 못했다. 자신이 생각하는 바는 거기까지였으니까.

"하면 철우라는 친구는 보통 사람이 아닌가?"

이어진 물음이다.

홍원은 다시 생각했다. 철우는 어떤가.

"보통의 표두 같습니다만……."

"목이문과 인연이 있고 그들의 숲의 길을 볼 줄 아는데도 말인가? 게다가 무공도 익히고 있지 않은가? 여러모로 진구라는 친구와는 다른 것 같네만."

홍원은 아무런 대답도 하지 못했다.

그렇게 듣고 보니 철우는 자신이 정한 보통 사람의 범주를 벗어나 있었다.

"그 친구가 사는 것이 불행해 보였는가? 아니면 다른 보통 사람들을 힘들게 했는가? 자네가 그 친구를 보통 표두라 한 것 보면 그저 흘러가는 대로 잘 살고 있는 것 같네만."

여전히 홍원은 아무런 대답도 하지 못했다.

그저 묵묵히 걸음을 옮길 뿐이다.

"대저 보통이라는 게 무엇인가?"

다시 이어진 질문.

그 질문이 마지막이었다.

산인은 더 이상 묻지 않았고, 홍원도 아무런 말이 없었다.

두 사람은 천천히 걷는 듯하였으나, 한 발을 디딜 때마다 앞으로 죽죽 나갔다.

두 사람이 단리유화가 머무는 곳 근처에 당도했을 때는 묘시 초 정도였다.

[그럼 잠시 후에 보세나.]

산인은 전음을 남기고 홍원과 다른 방향으로 움직였다. 약초꾼이라면서 달랑 오백 년 묵은 하수오 한 뿌리만 가지고 다니는 것이 이상했기에 다른 약초를 채워 넣으려는 생각인 듯했다.

홍원은 다시 토굴로 들어가 몸을 뉘었다.

자신이 단리유화와 어디로 움직이든 산인이라면 자신을 찾아올 것이다.

홍원은 두 눈을 감았다.

그리고 깊은 생각에 잠겼다.

'보통이란 무엇인가…….'

산인이 그에게 던져준 화두였다.

*   *   *

날이 밝았다.

시원한 폭포 소리와 산새 소리가 맑은 공기 사이로 퍼져 나갔다.

단리유화는 살며시 두 눈을 떴다.

너무나 개운하게 자고 일어난 느낌이다. 간밤의 일이 모두 꿈만 같았다.

하지만 귀에 들리는 폭포 소리와 몸속을 거침없이 달리는 내공이 지난밤의 깨달음이 실제였음을 알려주고 있었다.

단리유화는 천천히 일어나 토굴 밖으로 나왔다.

불편한 잠자리였음에도 불편한 곳이 없었다. 오히려 날아갈 것처럼 몸이 가벼웠다.

내공이 늘어난 것은 아니다. 하지만 깊이가 생겼다.

수발이 자유로워지고 그 흐름에 거침이 없었다. 그랬기에 묵천붕뢰권을 펼침에 그 한계가 더욱 늘어났고, 위력도 더욱 강맹해졌다.

"내공의 증진만이 답이 아니었구나."

단리유화는 새삼 자신이 우물 안 개구리였음을 깨달았다.

그리고 자신의 사부가 인간으로는 어땠을지 모르지만, 무인으로는 얼마나 대단한 사람인지 깨달았다.

신도운악의 그 까마득한 경지가 이제야 체감이 된 것이다.

지금까지는 신도운악이 얼마나 대단한지도 모르고 있었다. 그저 자신의 기준으로 재단하고 있었을 뿐.

단리유화는 이제야 진정한 강자의 길에 들어섰다.

'그러면 죽림은 얼마나 강하다는……'

죽림에게까지 생각이 미쳤다.

그 괴물 같은 사부를 일검에 죽여 버린 살수.

살수라는 특수성이 있으나, 어쨌든 그 대단한 사부의 감각을 속이고 접근해 일검에 죽였다.

읍성으로는 돌아가지 않겠다고 굳게 마음먹었다.

그제야 단리유화는 홍원이 아직 아무 기척이 없음을 깨달았다.

늘 자신보다 먼저 일어나 자신을 깨웠던 홍원이다. 그런데 오늘은 자신보다 늦다니, 혹여 어젯밤의 일 때문에 피곤하여 그런가 하는 생각이 들었다.

괜히 미안한 마음이 생겼다.

단리유화는 조심스레 홍원의 토굴로 다가가 그를 불렀다.

"장 공자, 장 공자."

홍원은 단리유화의 목소리에 두 눈을 떴다.

여전히 맑은 눈빛이었으나 그 두 눈에는 혼돈이 있었다. 지금까지 계속해서 산인이 던져준 화두에 몰두했으나 답을 찾지 못했다.

'그리 쉽게 찾을 답이었으면, 그리 묻지도 않으셨겠지.'

홍원은 몸을 일으켜 토굴 밖으로 나왔다.

"지난밤에는 정말 고마웠어요."

홍원을 보자 다시 한 번 인사를 했다.

"제가 무슨 대단한 일을 했다고요."

홍원은 천천히 움직여 간단한 요깃거리를 준비했다. 두 사람은 그렇게 요기를 마치고 다시 움직였다.

홍원의 등짐은 단리유화가 지고 있었다.

지금까지 계속 그녀가 등짐을 지겠다는 것을 홍원이 거부했으나, 오늘은 단리유화가 이긴 것이다.

그렇게 두 사람은 동면 곳곳을 누볐다.

하지만 여전히 괜찮은 약초는 보이지 않았다. 홍원의 눈에도 보이지 않았다. 어디에도 영약의 기운이 보이지 않았다.

산의 길을 통해 빠르게 곳곳을 누비며 찾으면 찾을 수 있지 않을까란 생각이 들었다. 하지만 단리유화와 이렇게 움직여서는 아마도 찾지 못할 것 같았다.

'어르신께 부탁하기를 잘했어.'

홍원은 작게 고개를 끄덕였다.

"응?"

같이 그렇게 움직이는데 뒤따라오던 단리유화가 멈췄다.

"소저, 무슨 일입니까?"

"누군가 다가오고 있어요."

단리유화의 말에 홍원은 다시 한 번 작게 고개를 끄덕였다.

'확실히 발전이 있군.'

그녀의 감각이 한층 예민해져 있었다.

단리유화는 경계의 눈으로 나무 사이 한곳을 바라보고 있었다.

잠시 후 나뭇가지가 흔들리더니 노인이 모습을 드러냈다.

산인이었다.

홍원은 이미 모두 알고 있었다.

"아, 어르신!"

홍원이 반갑게 산인을 불렀다. 산인이 홍원을 바라보았다.

"홍원이로구만."

두 사람은 능청스레 서로를 알아본 척했다.

그 연기가 자못 자연스러워 단리유화로서는 이게 무슨 일인가 두 사람을 번갈아 바라볼 뿐이다.

"아, 향산 동면 곳곳과 가끔 북면에도 드나드시는 아주 대단한 분이십니다. 아예 향산 속에서 사시는 분이라 읍성 사람들도 잘 모르는 분이죠."

단리유화의 시선에 홍원이 산인을 소개했다.

"아, 처음 뵙겠습니다. 단리유화라 합니다."

단리유화가 포권을 하며 허리를 숙이자 산인은 그 모습을 흡족하게 바라보았다.

아무리 노인이라 하나, 산속에서 만난 약초꾼에게 일말의 망설임도 없이 허리를 숙이는 무림 여인이라니, 그 됨됨이가 마음에 들었다.

홍원이 굳이 이렇게 번거롭게 도와주려는 이유를 어느 정도는 알 것도 같았다.

'하지만 자신을 숨기는 것만이 길은 아닌 법이지……'

그건 어디까지나 산인의 내심이다.

"처음 뵙겠습니다. 헌 모라는 필부입니다. 그냥 헌 노인이라 부르시면 됩니다."

홍원도 처음 알게 된 산인의 성이었다.

인사를 마친 산인의 시선이 홍원을 향했다.

"그래, 이 깊은 곳까지는 자네가 무슨 일인가. 이렇게 아름다우신 소저를 모시고 말이야."

지금 홍원과 단리유화가 있는 곳은 동면에서도 제법 깊은 곳이었다.

홍원은 자신이 이곳에 오게 된 이유를 담담히 말했다.

"허어, 그랬구만… 이걸 인연이라고 해야 하나……"

홍원의 이야기를 모두 들은 산인이 말했다.

그 모습이 너무나 자연스러워 두 사람이 미리 말을 맞춰 연기를 한다고는 상상도 할 수 없었다.

산인은 곧 자신의 망태기를 열고 뒤적거렸다. 망태기 안에는 약초가 가득했다.

산인은 가장 깊숙한 곳에서 이끼로 잘 싸놓은 것을 꺼내 펼쳤다.

"마침 어제 오후에 캐낸 겁니다. 오랜만의 일이라 이게 무슨 일인가 했더니… 이런 인연이었나 봅니다."

단리유화는 펼쳐진 이끼 속의 내용물에서 눈을 떼지 못했다.

지금까지 본 적 없는 큼직한 하수오였다.

"대단하네요… 정말 대단해요."

단리유화가 말했다. 순수한 감탄이었다. 그 속에는 한 치의
욕심도 없었다. 그 모습에 산인은 다시 한 번 속으로만 고개를
끄덕였다.

그녀의 그런 태도가 마음에 들었다.

"하지만 제가 이 하수오의 주인은 아닌 듯하네요……."

"허허, 괜찮습니다. 가지고 가십시오. 그리고 그 보수는 여기
홍원이에게 주시면 됩니다."

"네? 어떻게… 그럴 수는……."

예상치 못한 산인의 말에 단리유화가 말을 채 잇지 못했다.

산인은 빙그레 웃으며 홍원에게 다가가 어깨를 툭툭 쳤다.

"이걸로 내 목숨값은 갚은 거야."

그리고 산인은 몸을 돌렸다.

홍원과 단리유화, 그리고 하수오만이 그곳에 덩그러니 남았다.

단리유화는 갑작스러운 이 상황에 정신을 차릴 수가 없었다.

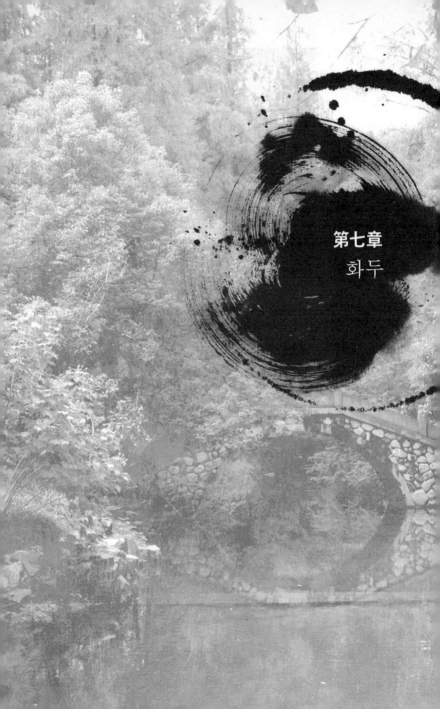

第七章
화두

얼마나 시간이 흘렀을까?

단리유화는 멍하니 하수오를 바라보았다. 홍원은 그런 단리
유화를 바라보았다.

"어쩌죠?"

이윽고 단리유화가 홍원을 보며 물었다.

그녀는 헌 노인이라는 약초꾼이 홍원에게 하는 말을 분명히
들었다.

목숨값이라고 했다. 홍원이 그 노인을 어떻게 도와주었는지
는 모르겠지만, 그 노인은 생명의 빚을 하수오로 홍원에게 갚
은 것이다.

귀한 영초이지만, 그런 의미가 더해지니 더욱 귀해 보였다.

자신에게 너무나 필요하지만 섣불리 말을 꺼내지 못하고 있었다.

홍원은 그런 단리유화를 가만히 바라보았다.

"다행이군요. 저 정도면 필요하신 영약이 될 텐데요."

그 말에도 단리유화는 우물쭈물했다.

"하지만 제겐 저 귀한 것의 값을 치를 만한 여유가 없어요."

함께 캤다면 어느 정도 홍정이라도 해볼 텐데, 이건 그냥 홍원의 것으로 뚝 떨어졌다.

당장 해미성에 가지고 가서 팔아도 그 값어치가 얼마가 될지 상상이 되지 않았다.

"더군다나, 나흘간 함께해 주신 보수도 셈해 드려야 하구요."

홍원은 가만히 그녀의 말을 듣고만 있었다.

그런 홍원의 얼굴을 보던 단리유화는 마음을 먹었는지 고개를 한 번 끄덕이고는 다시 말을 이었다.

"값을 치를 수는 있어요. 하지만 지금은 아니에요."

"무슨 의미이신가요?"

홍원이 물었다.

"돈은 있어요. 하지만 지금 가지고 있는 것이 아니라 찾으러 가야 해요. 엄밀히 말하면 제 돈은 아니지만… 주인이 찾는 걸 잊은 것 같으니……."

단리유화는 말끝을 흐렸다.

"그러면 도둑질 아닙니까?"

홍원의 말에 단리유화의 얼굴이 발갛게 변했다.

"그렇지요. 도둑질이지요. 하지만… 지금은 제게는 그 방법 밖에 없네요. 그 돈은 제가 꼭 채워서 원 주인에게 전해 드려야지요."

구차한 변명임을 단리유화는 잘 알고 있었다. 하지만 그렇게 말할 수밖에 없었다.

"흐음… 왠지 선뜻 받기가 좀 망설여지는군요."

홍원이 턱을 만지며 말했다.

그리고 내심 궁금했다.

과연 그녀가 그 돈을 어디서 구해올지 말이다. 홍원이 알기로도 지금 단리유화에게는 돈이 나올 구석이 없었다.

홍원은 지금 승무련주의 의뢰 성공 보수를 까맣게 잊고 있었다.

그럴 수밖에 없는 것이, 그가 찾아갔다고 생각했기 때문이다.

단리유화는 간절한 표정으로 홍원을 바라보았다.

그녀가 지금 할 수 있는 것은 이것밖에 없었다.

결국 홍원은 결정을 내렸다.

사실 어차피 그녀에게 주려고 했던 것이다. 그녀에게 돈이 없는 것을 알았기에 자연스레 보수 없이 받아도 될 분위기를 만들려고 산인에게 부탁했다.

그런데 산인이 목숨값 운운하며 두고 가버려서 무언가 애매해져 버렸다.

'어르신께서 상황극에 너무 몰입하셨어.'

홍원은 내심 그리 생각했다.

목숨값은 미리 이야기된 것이 아니었다. 어디까지나 산인이 즉흥적으로 남기고 떠난 말이었다.

"알겠습니다. 그렇게 하도록 하지요."

그 말에 단리유화의 얼굴이 밝아졌다.

"고맙습니다. 고맙습니다. 정말 감사합니다."

단리유화는 홍원에게 몇 번이고 허리를 숙였다. 홍원이 그만하라고 아무리 말해도 움직임을 멈추지 않았다.

홍원이 하수오를 다시 이끼로 조심스레 잘 말아서 챙겼다.

"이제 그만하시고, 이 하수오를 복용하시기 편한 곳으로 가셔야지요."

그 말에 단리유화는 그제야 정신을 차렸다.

읍성에 가지고 가는 것보다는 이곳에서 복용하는 것이 나을 듯했다.

읍성에 들어가는 것은 죽림 때문에 꺼려졌다. 그가 떠나라고 했으니까.

그리고 지금 그녀는 엄밀히 말하면 죽림의 돈에 손을 대려하고 있지 않은가.

"동면에 적당한 곳이 있나요?"

단리유화의 물음에 홍원이 고개를 끄덕이고는 걸음을 옮겼다. 단리유화는 그 뒤를 따랐다.

반 시진쯤 걷자 작은 동굴이 나왔다.

주인이 없는 빈 동굴이었다.

"저곳이면 괜찮으실 듯합니다."

과연 무공을 익힌 이답게 적절한 장소를 잘 찾아주었다.

단리유화는 홍원에게서 하수오를 받아 들고 동굴 안으로 들어갔다.

홍원은 동굴 밖의 나무에 기대어 앉아 다시 화두에 빠져들었다.

단리유화는 천천히 하수오를 씹어 먹었다.

이곳으로 오는 길에 홍원에게서 이 하수오의 수령이 오백 년 정도 된다고 들었다.

동면에서 섭취하기에는 딱 좋은 정도라고 했다.

약력을 완전히 흡수하면 반 갑자의 내공을 얻을 수 있을 정도이고, 딱히 복용을 위해 준비할 것이 없다고 했다.

천년하수오나 천년설삼 같은 영약들은 그 기운이 너무 강해 혈맥이 그 기운을 버티지 못하는 경우가 있다. 그래서 그 기운을 중화시켜 줄 다른 영약을 준비해서 함께 복용하거나, 혈맥을 보호할 약을 먼저 먹은 후 복용하거나, 약의 기운이 천천히 작용하도록 조치를 취한 후 복용하거나 해야 했다.

천고의 영약이라 하기에는 수령이 부족한 오백 년 정도였지만, 그랬기에 이곳에서 그냥 생으로 복용할 수 있었다.

아삭아삭.

단리유화가 하수오를 생으로 씹어 먹는 소리만 동굴에 울렸다.

홍원은 멍하니 하늘을 올려 보았다.

그의 두 눈에는 초점이 없었다.

'보통 사람이라……'

별것 아닌 듯하면서 어려운 화두였다.

홍원은 그 속을 계속해서 헤매고 있었다. 도통 알 수가 없었다.

자신이 생각한 보통 사람이 보통 사람이 아니란 말인가?

철우는 특별한 사람인가?

진구는 어떤가? 종현은? 비영은? 그리고 자신은?

어머니는? 아버지는?

수많은 의문이 꼬리에 꼬리를 물고 이어졌다.

미혹의 미로에서 길을 찾지 못하고 헤매고 있는 기분이다.

어르신은 어째서 자신에게 이런 물음을 던져 심마의 바다에 빠뜨린 것일까.

나 자신은 지금의 생활에, 삶에 만족하고 있건만.

꿈에서 그랬던 것처럼, 거대한 대도를 들고 천하를 부수며 다녀야 하는 것일까?

그것만은 아니었다.

그 끝의 감정을 알았기에 똑똑히 기억이 났다.

비통함으로 점철된 깊고 깊은 한의 끝에 터져 나온 분노.

그리고 그것에 먹혀 버린 자신.

그 길을 다시 갈 수는 없었다.

"허허허. 머리로 아무리 생각을 해도 알 수가 없다면 포기하거라. 알 수 없기에 알 수 없는 것을 애써 알려 하면 심마만 찾아올 뿐이다. 아직은 그 길에 들어서기에 모자란 것이니. 생각해도 알 수 없는 것은 일단 조심스레 행해보거라. 그러다 보면 무언가 얻는 것이 있을 것이다. 깨달음이란 가만히 앉아서 머리만 굴린다고 찾아오는 것이 아니다."

사부의 목소리가 머릿속에서 울렸다.

언젠가 무유팔절검해의 육절에서 막혔을 때 사부님이 해주셨던 조언이다.

그래서 그때는 무작정 육절의 형만을 익혔었다. 그 형 속에 담긴 오의를 알 수 없었기에 사부님의 말씀대로 일단 행했다.

그리고 그 오의를 얻었다.

이미 경험이 있었다.

'왜 나 자신을 그리 숨기고 사느냐고 하셨던가?'

화두에 시작을 거슬러 올라가니 산인의 그 물음이 있었다.

거기서부터 시작해야 했다.

그렇다면 숨기지 않고 드러내면 된다.

막상 그렇게 생각하니 망설여졌다. 읍성에서 자신이 자신을 드러냈을 때, 혹여나 가족들과 친구들의 삶에 안 좋은 영향이 있지나 않을까 걱정된 것이다.

'사부께서도 조심스레 행하라 하셨으니……'

홍원이 고개를 돌려 동굴을 힐끗 쳐다보았다.

조심스레 행할 대상이 저기에 있는 듯했다.

자신에게 줄 보수를 찾으러 간다고 했던가?

'함께 움직여 볼까?'

그렇게 마음먹었다. 마음을 먹었으면 준비를 해야 한다.

혹여 자신이 읍성을 떠나 있는 동안 무슨 일이 있을지도 몰랐다.

단리유화가 떠나는 이상 큰일이야 없겠지만, 가족을 두고 떠날 준비를 하는 입장에서야 걱정이 되는 것이 당연했다.

묵린이 있지만, 그래도 다른 조치도 취하는 것이 좋을 듯했다.

홍원이 자리에서 일어났다.

동굴 안의 기척을 살피니 아직 한 시진은 더 걸릴 듯했다.

홍원이 순식간에 그 자리에서 사라졌다.

사라진 홍원이 다시 나타난 것은 산인의 초옥이었다.

"벌써 무슨 일인가? 혹여 들킨 겐가?"

홍원의 방문에 산인이 고개를 갸웃거리며 물었다.

"아닙니다, 어르신."

홍원이 웃으며 고개를 가로저었다.

"어르신께서 던져준 화두 때문에 집을 좀 떠나려 합니다."

"그런 겐가? 늙은이가 그냥 궁금해서 물은 말을 무슨 화두씩이나 삼나."

"해서 부탁드릴 것이 있습니다."

홍원은 자신이 떠나 있는 동안 가끔 가족들을 살펴줄 것을 부탁했다. 어찌 보면 염치없는 부탁이다.

하지만 현재 홍원이 믿을 만한 사람은 산인이 유일했다.

"흐음… 내 이곳에 들어오고 나서 향산을 떠난 적이 없네만……."

산인이 고민인 듯 말했다.

"자네에게 화두를 던진 것이 나라고 하니, 어느 정도 도움을 주는 것이 도리이긴 하겠구만. 알겠네. 내 종종 살피도록 하지."

"감사합니다."

홍원이 허리를 깊이 숙였다.

"그래. 부디 화두에 대한 답을 얻었으면 좋겠군."

산인은 홍원의 가족을 모른다. 하지만 큰 문제는 없었다. 묵린과 함께하는 이가 가족일 테니까 말이다.

그렇게 가장 큰 문제를 해결한 홍원은 홀가분한 마음으로 단리유화가 하수오의 약력을 내공으로 흡수하는 곳으로 돌아왔다.

모용연은 깜짝 놀랐다.

생각지도 못한 인물이 읍성을 찾아왔기 때문이다.

신풍도(神風刀) 위지천악.

경천회의 이인자이자, 무상(武相)인 그다.

그가 직접 움직인 것이다.

정체불명의 인물들에 의한 습격이 큰일이긴 하였으나 그가 움직일 정도는 아니었다.

그랬기에 그의 등장에 모용연이 경악한 것이다.

"무상을 뵙습니다. 위지 숙부께서 어찌 이 먼 길을 오셨습니까?"

"하하하. 내가 와서 많이 놀란 듯하구나."

위지천악이 호탕한 웃음을 터뜨리며 말했다.

그의 방문에 놀란 것은 모용연만이 아니었다. 호진백과 문명후 모두 깜짝 놀랐다.

맹여립이야 외인이었기에 그런가 보다 하고 있었지만, 사실 그도 제법 놀란 상태다.

여간해서는 경천회 밖으로 나서지 않는 엉덩이 무거운 무상이 이 먼 곳까지 왔으니 놀랄 수밖에 없었다.

특히나 문명후는 바짝 긴장해 있었다.

"습격이 있었다고?"

"네. 아마도 숭무련의 단리 언니를 노린 것 같은데… 어쩌다가 저희가 휘말린 듯해요."

위지천악은 성현성에 머무르던 백풍대의 나머지 인원들을 대동하고 나타났다. 백풍대는 이미 저택 요소요소에 자리를 잡고 경계 태세에 들어간 상태다.

백풍대 외의 다른 인원이 없었다.

그 말은 자신들의 전서가 경천회에 닿기 전에 이미 그 혼자 길을 나섰다는 의미다.

"전 숭무련주의 제자라… 공교롭구나."

위지천악의 말에 모용연은 가만히 그를 바라보았다.

"내가 온 것은 다른 일 때문이다. 너희가 습격을 받았다고 알게 된 것은 성현성에 도착하고 나서지."

백풍대가 막 채비를 마치고 읍성으로 출발하려할 때 그곳에 도착한 위지천악이었다.

"무슨 일이십니까? 무상."

호진백이 물었다.

"숭무련 때문이오, 호 장로."

그 말에 모용연은 단리유화가 해줬던 말이 떠올랐다.

"무림 대회 때문이겠군요."

"그래. 숭무련에 새로운 련주가 탄생했다. 이번에는 후기지수만을 위한 무림 대회를 연다는구나."

위지천악의 시선이 모용연을 향했다.

"제가 가야 하는 건가요?"

"그렇지. 경천회를 대표해서 가는 것인데… 네가 가야지. 그리고 명후도 간다."

"대사형은요?"

"회주께서 명이를 데리고 폐관에 드셨다. 해서 내가 온 것이다."

모용연의 물음에 대한 답이었다.

"저, 그러면 언제 떠나는 겁니까?"

문명후가 물었다.

"내 마음 같아서는 당장 떠나고 싶다만… 이곳의 상황을 보니 그럴 수가 없겠구나. 성현성의 백풍대와 너희를 데리고 가려고 혼자 서둘러 왔는데 말이다."

숭무련에서 무슨 일이 생길 리가 없었다. 그래서 적당히 체면치레할 정도의 인원만으로 갈 생각이었다.

경천회의 성향이었다.

그런데 이곳에서 예상치 못한 일이 있었다니, 다른 인원을 기다려야 할 듯했다.

"청풍대를 요청했다고?"

"네."

"그러면 회에서 새로운 인원이 오는 것을 기다렸다가 가야겠구나. 아직 시일은 넉넉하다. 이런 일이 있을 줄 알았으면 나도 천천히 오는 것인데 괜히 서둘렀구나."

위지천악은 무언가 자신의 계획과 다르게 일이 흘러가는 것이 아쉬운 듯했다.

홍원이 다시 돌아오고 나서 한 시진은 더 흐른 후에 단리유화가 동굴 밖으로 모습을 드러냈다.

그녀의 눈빛은 더욱 깊어져 있었다.

깨달음을 얻은 후에 영약을 섭취한 덕에 그녀는 하수오의 약력을 모두 흡수하여 반 갑자의 내공을 얻을 수 있었다.

'이게 일 갑자의 내공이구나.'

그 덕에 그녀의 내공은 일 갑자에 이르게 되었다.

온몸이 날아갈 것만 같았고, 내공이 부족해 펼치지 못했던 초식을 마음껏 펼칠 수 있을 것 같았다.

새로운 깨달음과 새로 얻은 내공을 자신의 것으로 체화해야 할 것 같았다.

그리고 그때가 지금이다.

이때를 놓치면 상당한 손해가 생길 것 같았다. 그래서 단리유화는 조심스러운 얼굴로 홍원을 바라보았다.

곧장 값을 지불하기 위한 돈을 찾으러 가야 하는데, 이번에 얻은 것을 온전히 체화하려면 당장 출발하는 것은 불가능했기 때문이다.

그런 기색을 읽었음인지 홍원은 빙그레 웃었다.

"성취가 있으셨군요."

"전부 장 공자 덕분이에요. 정말 감사합니다."

"성취를 정리하셔야 할 테니… 당분간은 그 폭포 주변에 머무르시는 게 좋겠습니다. 저도 동면에 들어온 김에 제가 필요한 약초도 좀 찾아야 하구요."

불감청이언정 고소원이라.

홍원이 자기가 부탁하려는 것을 먼저 말해주니 너무나 고마웠다.

무공을 익혔다고 하더니, 그 경지가 낮지는 않은 듯했다.

본인은 아주 하찮은 무공이라 했지만, 성취 이후에 정리를 해야 한다는 것을 아는 것만 보아도 결코 낮은 경지는 아니다.

그것은 성취를 이뤄본 이들만 아는 것이었으니 말이다.

두 사람은 함께 작은 폭포가 있던 그곳으로 돌아왔다. 단리유화는 아직 동면의 산길에 익숙하지 않아 혼자 움직였다가는 자칫 길을 잃을 수도 있었다.

"그럼 저는 며칠 둘러보고 오겠습니다."

홍원이 오지 않으면 단리유화로서는 동면을 벗어나는 것이

제법 힘들어진다.

이곳은 동면에서도 제법 깊은 곳이었다.

"네. 그럼 나중에 봐요."

인사를 남기고 홍원은 그곳을 떠났다.

사실 홍원은 이곳에 단리유화를 두고 자신은 자신 나름대로 화두에 대해 명상을 하려 했다.

하지만 그러지 못했다.

잠깐 미루어 두었던 일이 생각난 것이다.

"은월이라고 했던가?"

종현의 상행에 쫓겨 일단 목이문에 맡겨뒀던 자가 떠올랐다.

홍원은 목이문으로 향했다.

산의 길을 통해 빠르게 움직였다. 목이문에 도착하는 데는 그리 오랜 시간이 걸리지 않았다.

홍원은 곧 목나격에게로 안내받아 갈 수 있었다.

"왔는가."

"늦었습니다."

은월을 잠시 맡아달라 했기에 한 말이다.

"아닐세. 처리할 일들이 많을 것 같았네."

목나격은 곧장 홍원을 지하 뇌옥으로 안내했다. 그가 자리를 비켜주고 은월과 단둘이 된 후 홍원이 입을 열었다.

"오래 기다리진 않았나 모르겠군."

아무런 대답이 없었다.

홍원이 손가락을 튕겼다. 손끝에서 날아간 지풍이 은월을 제압하고 있던 혈을 풀었다.

홍원은 은월을 지하 뇌옥에 가두면서 금제를 다시 했었다.

근육의 힘이 빠지게 하고 청각이 둔하게 했으며 말을 못 하게 만들었다.

그 영향인지 그 사이 은월의 몸은 무척이나 수척해져 있었다.

"너는 누구냐? 도대체……"

탁하고 갈라진 목소리다.

은월은 이곳에서도 계속해서 홍원의 정체를 궁리했다. 하지만 알 수 없었다.

그가 천선문의 무공을 쓰는 것은 맞았지만 대체 어떻게 그것을 배웠는지 알 수가 없었다.

"글쎄. 묻는 쪽은 이쪽인 듯한데."

홍원은 은월의 물음에 답해줄 마음이 없었다.

은월은 이곳에서 겨우겨우 목숨을 부지하면서 고민에 고민을 거듭했다.

자신을 이렇게 만든 사람의 정체에 대해서 말이다.

"문 밖의 외인이 문의 무공을 익힐 수 있는 경우는 거의 없어. 더욱이 문주지공이라면… 단 두 가지뿐이다."

갈라지고 탁해 듣기 싫은 목소리다.

눅눅한 습기가 가득하고 어두운 지하 뇌옥에서 그 목소리가 울리자 청각을 기분 나쁘게 자극했다.

홍원이 얼굴을 찡그렸다.

은월은 그러거나 말거나 제 할 말을 이었다.

"소문주들 중 문을 떠나서 복귀하지 않은 이는 단둘이다. 전전대의 소문주들. 이소문주 헌우린과 삼소문주 백리평. 너는 누구의 진전을 이은 것이냐?"

은월은 다시 한 번 홍원에게 물었다.

홍원은 그의 물음에 살짝 놀랐다. 그에게서 사부의 존함을 들을 것이라고는 생각도 못 했기 때문이다.

은월은 나름대로 절박하게 생각하고 홍원을 추궁하는 것이다.

우문기영의 두 사형인 헌우린과 백리평. 당시 이제자와 삼제자다. 그들의 소재는 천선문으로서도 굉장히 중요한 문제다.

그들이 당시 다섯 사형제 중 가장 강한 둘이었다는 것과 그들이 혹여 밖에서 제자라도 들여 천선문의 비공이 유출될 위험이 있다는 것 때문이다.

"백리평 어른이 제자를 들였다는 소문은 없었다. 그렇다면 헌우린 어른의 제자냐?"

백리평은 무유검선이라는 별호로 천하 대륙을 주유했다. 드문드문이긴 했지만 그에 대한 소문은 퍼져 있었다.

그 소재를 정확히 파악하지 못할 뿐이지, 그가 어찌 지냈다는 것은 대강 알 수 있었다.

하지만 우문기영이 문주가 된 후 문을 떠난 헌우린은 그 어디에서도 흔적이 없었다.

홍원은 그 물음에 답해줄 마음이 전혀 없었다.

"뭔가 잘못 알고 있는 것 같은데… 이곳에서 물을 수 있는 건 나야."

홍원이 다시 지풍을 튕겼다. 은월의 요혈 몇 곳을 제압하자 은월이 몸을 부들부들 떨었다.

온몸을 휘도는 끔찍한 고통에 은월은 입술을 꽉 깨물었다. 입술이 터져 피가 흐른다.

"끄윽. 끄으으윽."

애써 참으려 하지만 새어 나오는 신음 소리를 감출 수 없었다.

다시 한 번 지풍을 날렸다.

거짓말처럼 고통이 사라졌다.

"흔히들 사용하는 방법이지. 하지만 내공이 금제된 채 느끼는 감각은 좀 새로울 거야."

은월은 두 눈을 사납게 뜨며 홍원을 바라보았다.

절대 입을 열지 않겠다는 의지가 두 눈에 가득했다.

홍원은 그 두 눈에서 그의 의지를 확인했다. 아무리 고통을 주더라도 그는 결코 홍원에게 입을 열지 않을 것 같았다.

'방법이 한 가지만 있는 것이 아니지.'

홍원은 다시 한 번 지풍을 날렸다. 이번에 날린 지풍은 은월의 머리 쪽 요혈을 향했다.

내공이 금제되었기에 피할 수도 방비할 수도 없었다.

"끄으으."

은월은 다시 한 번 신음을 흘렸다. 하지만 좀 전과는 달랐다. 고통에 찬 신음이 아닌, 무언가 넋이 나가 무의식적으로 흘러나오는 소리 같았다.

'이런 방법들을 알고 있다니… 그곳에서 나는 대체 무엇을

한 것일까.'

꿈속에서 알게 된 수법이다.

좀 전의 수법은 은살림에서 배운 것이었다. 하지만 머리의 요혈을 제압해 이지를 제압하는 수법은 꿈속에서 사용했던 것이다.

'사혈궁의 금서고(禁書庫)에 있던 사술이었지. 아마……'

이 수법의 출처까지도 기억이 났다.

"네가 지금까지 해온 일들을 모두 말해라."

홍원이 은월에게 명령했다.

은월의 입이 천천히 느릿느릿 움직였다. 발음도 어눌했으나 알아듣는 데 문제는 없었다.

홍원은 지하 뇌옥에서 꼬박 여섯 시진을 있었다.

은월은 그 후 그대로 탈진했다.

사령탈혼술(邪靈奪魂術).

그 수법은 하루 동안 펼치게 되면 대상자를 백치로 만들어 버린다. 그 때문에 사혈궁에서도 그 잔학함 때문에 비급을 금서고에 봉하여 둔 것이다.

그것을 꿈속의 홍원은 익혔었다.

'설마 정면으로 사혈궁의 금서고를 부수다니……'

자신이 한 것인지, 그냥 꿈인지 알 수는 없으나 참으로 거침 없고, 무식했었다.

지금의 자신으로서는 상상도 할 수 없는 일이다.

은월에게 은살림의 수법으로 고통을 주는 순간 문득 사령탈혼술이 떠올랐다.

상대를 백치로 만들 수는 없다는 생각에 여섯 시진만 펼쳤다. 은월이 행한 일들에 대한 정보를 모두 듣는 데 그 정도 시간이 걸리기도 했다.

수법의 부작용으로 은월의 오성이 상당히 망가졌다. 은월의 처리 문제가 아직 남았으나 그것은 목형욱과 상의를 해봐야 할 듯했다.

홍원은 지하 뇌옥을 천천히 나왔다.

'숙제가 또 하나 생겼구나.'

꿈에 얽매이지 않고 그저 있는 그대로 받아들이기로 했었다.

깨달음의 결과다.

그랬기에 꿈에 거부감도 가지지 않았고, 그 또한 자신임을 인정했다.

그러자 꿈속의 자신의 인격이 현재의 자신에게 튀어나왔다.

방금 전이 그랬다.

꿈속의 홍원은 자신의 목적을 이루는 데 있어서 수단과 방법을 가리지 않았고 곧게 나아가는 데 거침이 없었다.

은월을 제압해야겠다고 생각한 순간 자신도 모르게 그 인격이 튀어나오며 사령탈혼술을 펼쳤다.

그 과정이 너무나 자연스러워 홍원 또한 인식하지 못했다가 잠시 후 그 상황을 깨달았다.

벽을 넘어 벽이 있었다.

얽매이지 않아야 한다는 깨달음을 얻은 후 그 결과로 인격의 혼재가 나타나 버린 것이다.

'어르신의 화두도 풀어야 하고… 이 문제도 해결해야 하고… 할 일이 어렵고도 많구나.'

홍원은 천천히 지상으로 향하는 계단을 올랐다.

"그건 그거고. 북해를 뒤지라고 했다니… 괴물을 잡아야 한다라… 아무래도 나 같은데?"

은월이 이야기했던 우문기영의 명령을 떠올리며 홍원은 고개를 갸웃거렸다.

"그는 어떻게 내가 북해에 있을 것이라는 사실을 알고 있었던 거지?"

의문이 생겼다.

자신은 원래 예정대로였다면 북해에 계속해서 있는 것이 맞았다.

지금도 아마 북해에 계속 있었을 것이다.

그 꿈을 꾸지만 않았다면 말이다.

북해에서의 수련은 오로지 자신의 의지로 결정한, 홍원 자신만이 아는 사실이다.

그런데 우문기영은 대체 무슨 확신으로 북해를 뒤져 괴물을 잡아야 한다고 했을까.

'천선문과 나는 대체 어떤 인연으로 엮인 걸까?'

북해에 있을 예정이던 자신을 찾으려는 우문기영. 그리고 천선문이라는 말에 평소의 행동과 다르게 움직인 자신.

홍원은 조금 전 자신이 은월에게 행하려던 일이 떠올랐다.

홍원이 손을 뻗었다. 그 손이 향하는 곳은 은월의 단전이었다. 이미 자신이 금제를 가해 내공을 사용하지 못하는 상태다.

그 금제에 다시 한 번 힘을 실어 은월의 무공을 완전히 폐하려는 것이다.

홍원의 손이 막 은월의 단전에 닿은 찰나, 홍원은 번뜩 정신을 차렸다.

그리고 자신의 손을 가만히 내려다보았다.

'왜 그런 생각이 든 거지?'

이미 오성에 타격을 받고 금제까지 당한 몸이다. 굳이 무공을 폐할 이유가 있을까?

그런데 너무 자연스럽게 손이 은월의 단전으로 향했다.

그 또한 꿈속의 그 거침없는 홍원이 튀어나온 것 같았다.

천선문이라는 말에 뇌관이 된 듯했다.

그 생생하던 그 꿈.

그 꿈속에서 안개처럼 흐릿하고 기억이 나지 않는 부분이 두 가지가 있었다.

그중 한 가지가 자신과 천선문의 관계다.

대체 자신은 왜 황궁으로 쳐들어가 천선문을 그렇게 도륙한 것일까. 그들에 대한 그 절절한 원한과 분노는 기억이 나는데, 그 이유가 기억이 나지 않았다.

모든 것이 여전히 생생한 그 꿈에서 왜 유독 그 부분만은 기억이 나지 않는지도 의문이다.

의문을 풀려 했으나 오히려 의문과 숙제만 떠안아 버렸다.

뇌옥 건물 밖으로 나오자 사람이 기다리고 있었다.

그가 홍원을 목형욱과 목나격이 있는 곳으로 안내했다.

그곳에서 세 사람은 많은 이야기를 나누었다.

유검의 소식이 홍원에게는 가장 의외였다. 자신 말고도 무유팔절검해를 익히고 있는 이가 있을 줄이야.

"천선문과 자네의 관계는 대체 무엇인가?"

목형욱의 물음에 홍원은 잠시 생각해 보았다. 그리고 답했다.

"아무 관계도 아닙니다. 그저 제 사부님의 사문일 뿐입니다."

이상한 대답이다.

사부의 사문이면 곧 자신의 사문이건만. 홍원은 선을 긋고 있었다.

사부께서 사문에 얽매이지 말고 자유로이 살라 했기 때문이다. 혹여라도 인연이 닿는다면 사문에 한번 찾아가 보라 하셨을 뿐, 사문에 연연하지는 말라 하셨다.

그리고 지금 상황을 보니 굳이 사문이라 할 이유도 없었다.

우문기영이 자신을 노린 듯하니 말이다.

"사부께서 사문을 나오셔 평생을 천하를 주유하셨습니다. 유언에도 사문에 대한 그 어떤 것도 없으셨지요. 아마 사부님께 천선문은 그런 정도인 듯합니다. 그들의 행동을 보면 사부님께서 그냥 떠나신 게 아니신가 합니다. 저에게도 그저 사문에 연연할 필요가 없다는 말씀이 전부였으니까요."

홍원의 말에 목형욱과 목나격은 고개를 끄덕였다.

그들에게는 은인인 무유검선과 홍원이 천선문에 대해 어떤 태도인지 명확히 인지했다. 그것으로 그들의 방향도 정해졌다.

"하면 그들의 목적은 무엇인가?"

그에 대한 답은 할 수 있었다. 한 번 보았으니까.

"아마도 천하일통이 아닌가 합니다."

"천하일통?"

"네 개로 쪼개진 세력을 모두 천선문의 아래에 두려는 거지요."

물론 그 목적을 이루지는 못한다. 자신이 박살을 냈으니까. 꿈속에서.

그러고 보니 꿈의 마지막이 명확하지 않다. 자신이 똥통 속에서 눈을 뜨기 직전. 그 상황이 안개 낀 것처럼 뿌옇게 흐려져 있다.

기억나지 않는 두 가지 중 나머지 한 가지였다.

"그들이 어찌 이무기의 존재를 알게된 것인지⋯⋯."

"그건 저도 정말로 의문입니다⋯⋯."

이미 은월이 가진 서신을 없앤 것에 대한 오해는 풀린 터다. 애초에 목형욱은 오해를 하지도 않았지만.

"참, 뇌옥에 있던 자는 어찌할 것인가?"

"그렇지 않아도 부탁드리려던 참입니다. 내공은 제가 금제를 해놓았습니다. 그리고 제가 정보를 얻는 과정에서 오성에 약간 문제가 생겨서… 아마 적당히 감시만 잘하면 별문제는 없을 것 같습니다."

"알겠네. 그렇게 하도록 하지."

이미 홍원의 편에 서기로 결정을 내린 터다. 그리고 홍원의 말대로면 이곳에 억류하는 데 큰 문제도 없을 듯했다.

그렇게 홍원은 목이문을 떠났다.

홍원이 향하는 곳은 단리유화가 열심히 수련하고 있을 폭포 근처였다.

홍원은 단리유화가 있는 곳에서 반 시진 떨어진 곳에서 명상에 빠져들었다.

자신을 찾기 위한 명상이었다.

＊　　　＊　　　＊

우문기영은 오늘도 고민하고 있었다.

그 괴물 때문에.

아무리 생각해도 자신의 사형의 진전을 이은 듯했다.

사형의 행적을 쫓는 일은 아직은 지지부진했다. 사형은 무유 검선이라는 별호에 걸맞게 얽매임 없이 너무나 평범하고 조용히 강호를 떠돌았다.

그래서 흔적이 없었다.

그 성격이라면 분명 강호에서 친구를 사귀었음이 분명한데, 무유검선과 친분이 있다는 이를 찾는 것도 어려웠다.

무유검선과 친분이 있다면 누구라도 당당히 주변에 자랑을 하고 다닐 터인데 그런 이가 없었다.

무려 오천존 중 한 사람과의 친분이다.

다르게 말하면 사대세력의 주인 중 하나와 친분이 있는 것이나 다름없다.

한데 아무리 알아봐도 없다.

당연한 일이다.

백리평은 그와 뜻이 통하는 이들만을 친우로 사귀었기에, 그들이 굳이 자신의 친우가 백리평임을 떠들고 다닐 이유가 없었다.

백리평의 무림 친우들의 별호를 보면 청(淸)이라는 글자가 들어간 이들이 많았다.

말 그대로 맑은 사람들과 교분을 나누었다.

서로의 명성과 신분, 나이를 초월하여 그저 그 맑음으로 우정을 나눈 것이다.

그런 이들이 무유검선에 대해 떠들고 다닐 리가 없었다.

청검(淸劍) 갈현청이 자홍선지초를 찾아 향산으로 향했을 때도 경천회의 그 누구에게도 친우의 정체를 알리지 않았었다.

그저 친우에게 들었고, 그 친우는 이미 등선을 했다고 밝혔을 뿐.

그러니 좀처럼 우문기영이 백리평의 흔적을 찾을 수가 없는 것이다.

"흐음, 삼사형이 아니면… 이사형일텐데… 이사형일 리는 없어."

우문기영이 낮게 중얼거렸다.

자신이 천선문주가 된 후 자신의 행보에 정면으로 반대하며 스스로 문을 떠난 이사형 헌우린.

그는 천선문을 제 발로 떠난 것이기에 단전도 폐하고 무공도

버리고 떠났다.

그의 성격상 그가 그의 맹세를 어기고 천선문의 무공을 전하면서 후인을 길렀을 리는 없다.

"모든 것을 처음부터 다시 짚어봐야겠어……."

우문기영. 그 자신이 아직은 소문주이던 시절.

까마득한 그 과거.

그는 그때부터 다시 한 번 차근차근 돌아봐야겠다고 생각했다.

어쩌면 그가 놓치고 있는 무언가가 있을지도 몰랐다.

다시는 같은 과오를 범하지 않기 위해서는 아주 작은 그 무엇도 소홀히 할 수 없었다.

며칠이 흘렀다.

그동안 홍원은 자신에게 끊임없이 질문을 던졌다.

평범이란 과연 무엇인가.

의문이 더욱 깊어질 뿐이다.

"후우. 일단은 움직여 봐야겠구나."

무작정 명상만 한다고 해답이 구해질 것 같지 않았다. 그래도 마음속의 번민은 많이 정리했다.

꿈속의 자신과 현실의 자신의 괴리감도 많이 줄인 것 같았다. 그렇게 보면 아주 의미 없이 시간을 보낸 것은 아니다.

홍원은 천천히 단리유화가 있는 곳으로 걸음을 옮겼다. 단리유화를 그곳에 두고 떠날 때 남겨둔 식량이 거의 다 떨어질 때가 되었다.

홍원이 단리유화가 있는 곳에 도착하니, 그녀는 한창 주먹을 휘두르느라 정신이 없었다.

그 일격 일격이 정제된 기운을 갈무리하고 있었다.

'확실히 실력이 많이 늘었어.'

그날 밤과 비교할 수 없을 정도로 강해졌다.

우연히 찾아온 깨달음과 영약을 통해 얻은 반 갑자의 내공 덕분이었다.

어느새 초식을 모두 펼친 것인지 그녀의 시선이 홍원을 향했다.

"오셨네요. 그렇잖아도 오늘 아침에 식량이 모두 떨어져서 사냥이라도 해야 하나 걱정하던 참이었어요."

단리유화가 방긋 웃으며 말했다.

그 얼굴을 보니 내부의 변화도 큰 듯했다.

"제가 때를 잘 맞춰 왔군요."

"소득은 좀 있으셨나요?"

단리유화의 시선이 홍원의 망태기로 향했다. 그곳에는 이곳으로 오기 전 미리 준비해 둔 약초가 몇 개 담겨 있었다.

"뭐, 그럭저럭입니다."

"그러면 이제 읍성으로 돌아가는 건가요?"

"네. 너무 오래 집을 비우기도 했으니까요."

홍원이 고개를 끄덕였다.

두 사람은 함께 걸음을 옮겼다. 홍원은 산길을 따라 천천히 움직였다.

깊은 곳까지 들어왔으나 굳이 산의 길을 이용하지 않더라도 하루면 읍성까지 갈 수 있는 곳이다.

홍원은 서두르지 않았다.

그렇게 움직이다가 눈에 띄는 약초가 있으면 캐고, 그렇게 읍성으로 향했다.

그러면서 단리유화와 제법 많은 이야기를 나누었다. 홍원이 묻지 않은 이야기도 그녀의 입에서 흘러나왔다. 동생의 이야기가 많았다.

홍원의 동생들을 보면서 자신의 동생이 생각이 났다고 했다.

나이 차가 많이 나는 홍원과 달리 자신은 쌍둥이였기에 남매였고, 친구 같은 동생이었다고.

'그가 죽었을 거라고는 생각지도 못했군.'

홍원은 내심 놀랐다. 의뢰를 받을 당시 만났던 단리유철은 그리 쉽게 죽을 사람으로는 보이지 않았기 때문이다.

단리유화는 그저 동생이 죽었다고만 이야기했지, 어떻게 죽었는지는 말하지 않았다. 단리유철에 관해서는 꿈에서도 더 이상의 기억이 없었다.

그러니 추측할 뿐이다.

그가 사고 같은 거로 죽을 리는 없으니, 누군가에게 죽었다면, 련주의 제자를 죽일 수 있는 이가 누가 있을까?

'신도운악인가? 내가 손을 쓰기 전에 일이 있었나 보군.'

홍원은 그렇게 추측했다.

천천히 이동했기에 하루보다 조금 더 걸렸다.

그사이 동면에서 노숙을 하루 더 했다. 이제 익숙해졌는지,. 준비하는 단리유화의 움직임에는 거침이 없었다.

이윽고 읍성에 거의 도달했다.

"저는 읍성으로는 가지는 못할 것 같아요."

향산의 자락이 거의 끝나가는 부분에 이르자 단리유화가 말했다.

그녀는 여전히 죽림이 두려웠다.

"알겠습니다."

"보수는 걱정하지 마세요. 제가 꼭 챙겨서 다시 올게요. 읍성에 들어가지는 못하더라도 사람을 보내도록 할게요."

단리유화가 당당한 얼굴로 말했다.

그녀의 내심엔 아직도 다른 이의 돈에 손을 댄다는 것에 대한 갈등이 있었으나, 그런 기색을 얼굴에 드러낼 수는 없었다.

그리고 그 깨달음의 영향인지, 그 돈을 사용하더라도 다시 채워 넣는 데는 어려움이 없을 것이란 자신감도 생겼다.

"보수 이야기를 꺼내서 말씀입니다만."

홍원이 입을 열자 단리유화는 살짝 긴장했다.

"저도 함께 가도 되겠습니까?"

의외의 말이 홍원의 입에서 나와 단리유화는 순간 아무런 대답도 하지 못했다.

"네?"

오히려 되묻기까지 했다.

"아, 소저를 믿지 못해서 그렇다는 것이 아닙니다. 오해는 하지 마십시오."

홍원은 혹여나 그녀가 잘못된 오해를 할까 봐 빨리 말을 덧붙였다.

"그저 소저의 수련하시는 모습을 보니… 저도 예전 생각이 나서 말입니다."

홍원이 머쓱한 얼굴로 말하자 단리유화는 고개를 끄덕였다.

이 사람도 무공을 배웠다 하지 않았던가.

그렇다면, 강호에 무림에 대한 향수가 있을 것이다. 실제 그곳은 그리 아름다운 곳은 아니지만.

무인들은 모두 부나방 같은 존재들이니.

"알겠어요. 함께 가도록 하지요."

"감사합니다. 그러면 이곳에서 하루 정도만 기다려 주실 수 있으시겠습니까? 어머니께 말씀을 드리고, 준비도 좀 해야 하니 말입니다."

단리유화는 흔쾌히 답했다. 그리고 그곳에서 조금 깊은 곳으로 다시 움직였다.

사람이 쉬이 찾아오지 않을 곳이다.

그녀는 그곳에서 다시 수련을 하겠다고 한다. 어느새 수련 귀신이 되어버렸다.

그만큼 그녀가 얻은 것이 많았다.

홍원은 읍성으로 들어섰다. 그리고 빠르게 정리했다.

이번 동면에서 얻은 약초를 정리해 그 돈을 어머니께 드렸고, 친구들에게도 가족을 부탁했다.

어머니께도 잘 말씀드렸다.

어머니는 불안해하셨지만, 늘 아들을 믿어주셨다.

얼추 정리가 끝났다 싶을 때, 홍산과 홍해가 들어왔다.

"예? 형님도 떠나세요?"

홍산은 홍원의 말에 놀라서 물었다.

'도'라는 말이 홍원의 호기심을 자극했다.

"누가 또 떠났더냐?"

"모용 누님요. 사람들과 떠나셨어요."

의외의 대답이다. 그 말에 홍원은 기감을 넓혀 읍성을 살폈다.

과연 그녀가 없었다. 그 외에 몇몇 사람도 없었다. 그리고 없었던 사람이 들어와 있었다.

경천회 저택의 인원에 상당한 변화가 있었다.

'굉장히 강한 자가 와 있군. 인원도 많이 늘었어.'

이전까지 경천회의 저택에 있던 자들과는 비교도 되지 않게 강한 이가 와 있었다.

예전 경천회에 갈현청을 찾아갔을 때 어쩌면 느꼈을지도 모를 기운이지만, 그때의 자신의 수준으로는 아마 그 실력을 파악하지 못했을 터다.

실제로 청풍대의 인원 백 명을 이끌고 찾아온 이는 경천회의 삼인자였다.

일도참마(一刀斬魔) 모용중호.

회주인 모용백의 동생이자, 경천회의 대호법이었다.

그 강함이 이루 말할 수 없는 이로 경천회의 무공 서열 삼위의 인물이었다.

모용백 휘하의 경천회의 십강(十强) 중 한 명이 움직여도 중원이 놀란다고 했다. 그런데 그중 벌써 두 사람이 움직여 읍성을 거쳐 가고, 또 읍성에 남았다.

모용중호의 기운은 홍원이 이제껏 만난 사람 중에서도 능히 손가락에 꼽힐 만큼 강했다.

지난번의 습격을 경천회에서 그만큼 심각하게 받아들이고 있다는 방증이다.

'모용 회주의 딸 사랑이 정말로 대단하군.'

이렇게 과한 이들이 움직인 이유는 하나일 것이다. 딸의 안전을 걱정하는 부정.

모용혜는 읍성에 남아 있는데, 모용연이 떠나갔다. 그러고 보니 문명후라는 이의 기운도 느껴지지 않았다.

'아, 숭무련의 무림 대회 때문인가 보군.'

소마룡 구양대검이 우승했던 그 무림 대회. 이제 곧 열릴 시기가 다가오고 있었다.

아마도 모용혜는 경천회를 대표해서 숭무련으로 향했으리라.

홍원의 기억에 모용백이 그때 참가했는지 없는지 없었다. 어차피 꿈속의 그 시기에 홍원은 북해에서 수련에 열중할 때였다.

그나마 조금이라도 알고 있는 것도 구양대검이 우승했다는 소문을 들어서 알고 있는 것이지 않던가.

'공교로워.'

그랬다.

아마도 단리유화가 돈이 있다고 한 곳은 숭무련 근처일 것이
다.

당시 그녀의 행동반경이 그리 넓지 않았기에 추측할 수 있는
일이다.

이렇게 천하의 이목이 숭무련으로 모이는 시점에 그 근처로
향한다. 공교롭다는 말이 절로 나올 수밖에 없었다.

"형이 없는 동안 집안 잘 부탁한다."

홍원이 상념에서 깨어나 홍산의 머리를 쓰다듬으며 말했다.

"네."

홍산은 짧게 대답했다.

그런 동생을 보고 웃음 지은 홍원은 자신의 방으로 향했다.
그리고 한곳에 고이 모셔둔 흑운을 꺼냈다.

가만히 앞에 흑운을 놓아둔 홍원은 고민에 빠졌다.

"너무 눈에 띄어."

그랬다.

짙은 묵빛의 검신. 사람들의 눈에 너무 띄는 게 문제였다.
흑운을 사용하게 된다면, 흑운은 곧 홍원의 상징이나 다름없
는 병기가 될 것이다.

그것을 저어해서 지난번 습격 때도 평범한 청강 장검을 사용
하지 않았던가.

사용하지 않으려니 검이 너무 뛰어나다. 사용하려고 하니 눈
에 너무 띈다.

고민이었다.

묵철로 만든 검이었기에 검신의 빛깔을 바꿀 수도 없을 듯했다.

'그래도 혹시 모르니?'

검신의 빛깔을 못 바꿀 거라는 데 생각이 미치자 홍원은 흑운을 들고 일어났다.

혹시 모르니 황 노인에게 물어보기 위함이다.

아직 해가 지려면 시간이 조금 남았다. 아직 황 노인이 일하고 있을 시간이었다.

홍원은 걸음을 서둘러 대장간으로 향했다.

"무슨 일이냐?"

입구에 서 있는 홍원을 발견한 황 노인이 물었다.

"이 녀석 때문에요."

홍원이 흑운을 들어 보였다.

"무슨 문제라도 있느냐?"

황 노인이 자신의 걸작을 바라보며 물었다.

"아주 훌륭합니다. 그런데 너무 눈에 띄네요."

"검신의 빛깔 때문에 그러는 것이로구나."

황 노인이 알겠다는 듯 고개를 끄덕였다. 홍원에게서 흑운을 건네받아 찬찬히 살폈다.

"이 녀석의 본질이 묵철의 검은빛인 거야. 그 본질을 어쩌겠느냐?"

석양의 붉은빛을 받아 검붉은빛을 띠는 흑운을 들어 보이며 황 노인이 말했다.

'본질.'

홍원의 머리가 쾅 울렸다.

단 한 번의 울림이지만, 그 말에서 무언가의 자락을 잡은 것 같았다.

"정 감추고 싶다면, 방법은 있다. 잔재주 같은 것이지. 해주랴?"

"일단은 부탁드립니다."

홍원은 작게 고개를 끄덕이며 말했다. 본질이라는 두 글자가 홍원의 머릿속 한 곳을 살살 간질이고 있었지만, 일단은 외면했다.

무언가의 단서가 될 수는 있겠지만, 지금 그것에 집착하고 궁구한다고 당장 무언가가 달라질 것 같지는 않았기 때문이다.

"알겠다. 떠나려는 게지?"

황 노인은 다 안다는 듯 물었다.

"네."

"잘 생각했다. 이곳은 네게는 너무 작은 우물이야. 일단 밖을 좀 보고 와야지. 내일 아침 일찍 찾으러 오너라."

황 노인은 흑운을 들고 작업장으로 향했다.

그리고 홍원은 쳐다도 보지 않고 작업에 몰두했다.

홍원은 꾸벅 고개를 숙이고는 대장간을 떠났다.

'본질과 잔재주라……'

머리를 간질이는 두 가지다.

'앞으로 풀게 되는 때가 있겠지.'

평범, 보통이라는 화두와도 연결이 되는 무언가가 있다고 느꼈다.

급할수록 돌아가라고 했다.

작은 것에 얽매이면 큰 것을 놓칠 수가 있었다.

홍원은 여유를 가지고 천천히 생각하기로 했다.

그러기 위해 단리유화와 동행하려는 것 아니던가.

집으로 돌아온 홍원은 가족과 모처럼 저녁 식사를 함께했다. 내일 다시 떠나더라도 즐겁고 화목한 식사 자리였다.

다음 날 아침.

향산에서 날아온 듯한 산새들의 지저귐과 함께 홍원은 두 눈을 떴다.

떠날 채비는 금세 끝났다.

동생들은 아직 꿈나라에 있었다. 그런 동생들의 모습을 잠시 보고, 어머니의 배웅을 받아 홍원은 집을 나섰다.

곧장 대장간으로 향했다.

황 노인이 흑운을 들고 홍원을 기다리고 있었다.

"옜다."

홍원이 흑운을 뽑아 보았다.

푸르스름한 은빛이 도는 청강 장검이 홍원의 손에 들렸다.

"대단하군요."

홍원은 순수하게 감탄했다.

"그래 봐야 잔재주다. 묵철 위에 그냥 강철을 덧댔을 뿐이야. 그것 때문에 검이 좀 커졌다. 그래서 검집도 바꿨어."

그 말대로 검신이 좀 커진 것이 보였다.

그런데도 무게의 중심과 균형이 절묘하게 맞았다.

황 노인은 이런 곳에 있을 대장장이가 아니라는 생각이 들었다.

그야말로 재야에 숨은 절대고수였다.

"감사합니다."

홍원이 꾸벅 허리를 숙였다.

"내가 잔재주를 부려 흑운의 본질을 감추기는 했다만, 결국 그 본질은 튀어나오게 마련이다. 본질이라는 것은 감출 수도 없고, 감추는 것이 능사도 아니야."

삶의 깊이가 있는 조언이었다.

무공이라고는 일초반식도 모르는 황 노인이지만, 홍원은 그의 말에서 그 어느 절대 고수의 조언보다도 깊은 울림을 느꼈다.

"정말 감사드립니다."

"그래. 사내가 우물을 벗어나기로 마음먹었으면 어서 떠나야지. 몸조심해라."

홍원은 황 노인에게 꾸벅 인사를 하고는 읍성을 벗어났다.

곧장 동면으로 들어가 단리유화를 만났다.

그녀는 여전히 수련에 열중하고 있었다.

"왔나요?"

홍원의 허리에 걸린 검을 보더니 그녀는 빙그레 웃었다.

"그러고 있으니, 당당한 무인이네요. 잘 어울려요."

홍원은 짧은 웃음으로 그 말에 답했다.

"그러면 출발하도록 하죠."

홍원의 말에 단리유화는 고개를 끄덕였다.

"그러면 이제는 제가 앞장설게요."

동면을 벗어난 두 사람은 북쪽으로 길을 잡았다.

그렇게 화두를 풀기 위한 홍원의 무림행이 시작되었다.

이번의 행보에 시간이 얼마나 걸릴 것인지는 아직은 몰랐다.

짧을 수도, 길 수도 있었다.

홍원은 그저 사부의 가르침대로 몸으로 행하고 마음으로 궁구하기로 했다.

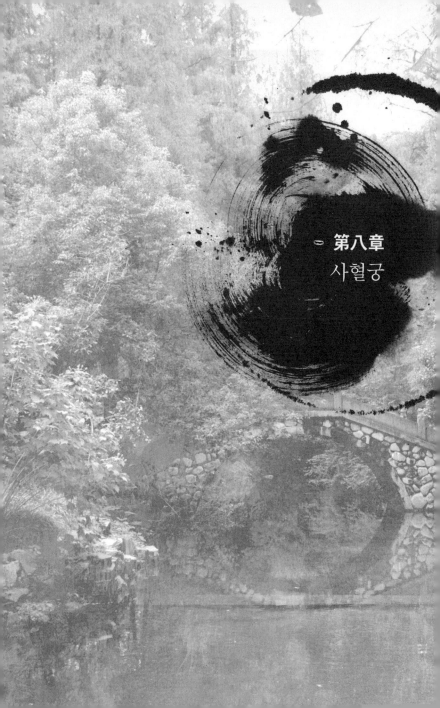

第八章
사혈궁

"그걸 지금 나보고 믿으라는 건가?"

선문강이 냉정한 표정으로 눈앞의 사내를 바라보았다.

"하지만 모두 사실입니다."

암영대주는 고개를 숙인 채 말했다. 면목이 없었으나, 그가 겪은 것은 모두 명백한 사실이다.

믿기지 않는다고 하더라도 말이다.

"후우, 그곳에 그런 고수가 있었다? 경천회가 있었다는 것만 해도 놀라운데?"

선문강은 암영대주의 서찰을 받고서야 읍성에 경천회가 있었음을 알았다.

설마 경천회주의 딸이 휴양차 그곳에 머물고 있을 줄이야.

내부를 단속하느라 외부에 대한 정보 수집이 조금 소홀해진 듯했다.

읍성이라는 곳이 사혈궁의 세력권 외곽에 있는 곳이긴 하지만 경천회의 움직임을 완전히 놓쳐 버린 것이다.

"흐음, 미꾸라지 하나를 잡으려다가 이게 무슨 일인지……."

암영대주의 직접 보고는 서찰의 내용과 거의 일치했다. 서찰에 미처 쓰지 못한 내용을 조금 더 자세히 전달받을 뿐, 오히려 자세히 들으니 더욱 울화가 치밀었다.

더욱이 지금은 무림 대회 준비로 아무런 조치도 취할 수 없다는 것이 더 문제였다.

단리유화를 숭무련의 무력으로 제압할 명분도 없었다.

그래서 암영대를 움직인 것인데, 암영대가 저렇게 당해 버렸으니, 다른 방법이 없는 것이다.

묵영대는 공야무 련주가 손에 넣었고, 흑영대는 신도 련주의 대제자가 손에 넣었다.

신도운악의 대제자는 아직 숭무련의 련주 자리를 포기하지 않았다. 그저 이번은 때가 아니라며 쉬어가는 것이다.

그는 다음 련주를 노리고 있었기에, 여전히 세력을 키우는 데 집중하고 있었다.

'대계에 차질이 생겨 버렸다. 단리유화, 그년을 잡아 와야 다음 단계로 계획을 진행하는데… 이래서는 숭무련을 손에 넣는 일이 골치 아파질 것 같군.'

복잡하고도 복잡했다.

단리유화를 잡는 것과 숭무련의 군사로 입지를 탄탄하게 하는 것.

둘 중 일단 후자가 더 중요했다.

"미꾸라지는 당분간 놔둘 수밖에 없을 것 같군. 미꾸라지 한 마리가 아무리 흙탕물을 만들어봐야 아무것도 아니니까."

"네."

선문강의 말에 암영대주는 허리를 숙였다.

"남아 있는 인원들 추슬러서 안가로 가도록. 그리고 인원을 보충할 방안도 강구해."

암영대는 여전히 유용한 칼이다.

이번 일로 큰 타격을 입었지만 버릴 수 없었다. 본래 세력을 회복하는 데 적지 않은 시일이 걸릴 테지만 그 정도는 감수할 만했다.

"알겠습니다."

선문강의 명령에 암영대주는 조용히 빠져나갔다.

방 안에는 선문강만이 남았다.

"멀고도 멀구나. 북궁의 천하를 끝내는 길을… 이제야 겨우 대계의 첫발을 떼는 것인데도, 이렇게 변수가 많으니……."

선문강은 한탄하듯 중얼거렸다.

그의 말을 듣는 이는 아무도 없었다.

홍원과 단리유화는 나란히 관도를 걷고 있었다.

숭무련까지 가는 길은 멀었다.

"어디까지 가야 하는 겁니까?"

"숭무련 근처예요."

홍원의 물음에 단리유화가 조심스레 답했다. 단리유화는 아직 자신의 정체에 대해 홍원에게 말하지 않았다. 그저 동생의 이야기를 조금 했을 뿐이다. 홍원은 여전히 무미건조한 목소리로 물었다.

"숭무련이 아니고요?"

홍원의 물음에 단리유화는 깜짝 놀랐다.

저 물음이 가진 의미는 간단하다. 홍원이 자신의 정체를 알고 있다는 뜻이다.

"제가 누구인지 알고 있나 보군요."

단리유화의 말속에 작은 가시가 있었다.

"모용 소저를 동생이라 부르고, 권법을 사용하는 단리유화라는 이름을 가진 소저라면야……. 누구라도 단빙권화를 떠올릴 텐데요."

홍원의 말에 단리유화가 고개를 끄덕였다.

"무림인이라면 말이지요."

"흔하게 발에 채는 정도이긴 합니다만, 그래도 무림인이었지요. 세상에 떠들썩한 소문이나 명성 정도는 들었었답니다."

이미 무공을 익히고 있다는 것은 알고 있었다. 모용연에게 들었으니까.

"무림에서는 완전히 떠난 듯 꼭꼭 숨기시더니, 어떤 심경의 변화로 저와 이리 움직이시나요?"

두 사람의 대화는 계속됐다.

"읍성 같은 곳에… 무림인은 없는 게 좋지요. 변방 중의 변방이라, 그저 사람들끼리 그렇게 사는 게 좋아요. 그래서 저도 그 속에 들어가려 한 것뿐입니다."

단리유화는 고개를 끄덕였다.

짧게 머무른 곳이지만, 홍원의 말대로였다. 그곳에서는 자신이나 경천회의 사람들이 오히려 옥에 티와 같이 느껴졌었다.

"그런데 소저의 모습을 보니 좀 생각이 달라지더군요. 나도 조금만 더 앞으로 나갔더라면 그런 기연이 생기지는 않았을까 하는."

단리유화가 깨달음을 얻은 것을 말하는 것이리라. 그 말에 단리유화는 가만히 고개를 끄덕였다.

모든 무림인이 꿈꾸는 경험이지만, 실제로 겪는 이는 극소수 중의 극소수다.

그것을 눈앞에서 봤으니, 재능이 없다 하고 가슴속에 묻어 둔 웅심이 다시 고개를 드는 것도 이해할 만했다.

홍원의 적당한 핑계를 단리유화는 철석같이 믿었다.

"고마워요."

뜬금없는 인사에 홍원이 단리유화를 바라보았다.

"장 공자가 아니었다면… 저는 여전히 그런 기연을 얻지 못하고 있을 테니까요. 진심으로 감사해요."

단리유화가 살짝 미소까지 지으며 고개를 숙였다. 그러느라 두 사람은 잠시 멈춰 섰다. 다시 걸음을 옮겼다.

"아, 그러면 제 신분을 알고 보수에 대해서는 나중에 이야기하자고 했던 건가요?"

단리유화가 생각났다는 듯 물었다.

당시 홍원은 보수에 대한 걱정을 전혀 하지 않는 모습이었다. 그런 모습에 단리유화는 미안함이 더욱 커져, 안절부절못하지 않았던가.

"그렇지요."

이 또한 단리유화의 오해이나, 홍원은 굳이 바로 잡아줄 필요를 못 느꼈다.

"그래서 숭무련이 아니냐고 물었군요."

숭무련주의 제자인 자신이 큰돈을 가지러 가는 것이니 당연히 숭무련으로 가는 것으로 생각할 수 있다 여겼다.

"뭐, 도둑질 비슷한 걸 한다고 해서, 어디로 가는 것인지 좀 의문이긴 했습니다."

홍원의 대답에 단리유화의 얼굴에 살짝 그늘이 졌다.

"제가 지금은 숭무련으로 가지 못해요. 그래서 보수를 지불하려면 그 방법밖에 없네요. 숭무련 근처로만 가는 것이지, 숭무련으로 가는 것은 아니에요."

단리유화의 말에 홍원은 고개를 끄덕이고는 걸음에 집중했다.

두 사람은 그렇게 먼 길을 계속해서 움직였다.

목적지로 향하는 여정은 평탄했다.

숭무련의 무림 대회가 천하에 공표된 터라 어느 도시를 들리든 무림인들이 넘쳐 났다.

사대세력의 수장 중 가장 젊은 경천회의 모용백이 회주가 된 이후 처음 있는 무림 대회다.

십수 년 만의 무림 대회인 것이다.

그 덕에 천하 무인들의 이목이 집중돼 너도나도 숭무련으로 몰려가고 있었다.

홍원과 단리유화는 그런 무인들의 틈바구니에 섞여 숭무련으로 향했다.

혹여나 단리유화를 알아볼 사람이 있을까, 혹은 그녀의 미모 때문에 괜한 시비에 말려들까 하는 걱정에 사람이 많은 곳에 들어선 이후로 그녀는 줄곧 면사를 착용하고 있었다.

관도나 도시 곳곳에 그렇게 면사를 한 무림 여인들이 있었기에, 그 모습이 눈에 띄거나 그러지는 않았다.

단리유화와 홍원은 그렇게 보통의 무인들에 어울려 천천히 숭무련으로 향했기에 별다른 문제 없이 움직일 수 있었다.

간혹 객잔에서 숭무련의 무림 대회와 관련된 이야기를 듣는 것도 쏠쏠한 재미였다.

무림 대회 최고의 화제는 단연 누가 우승할 것인가 하는 것이다.

저마다 소문으로만 들은 후기지수의 이름을 대며 갑론을박하고 있었다.

자신들과 하등 상관없는 일인데도 불구하고 그들은 마치 제 일처럼 흥분하여 떠들어댔다.

그것은 남의 싸움을 구경하는 이들의 자연스러운 행동이었다.

사실 홍원도 궁금했다. 과연 누가 우승할 것인가.

아직 참가자들의 면면을 살피지 못했다. 실제로 볼 수만 있다면 누가 우승할지 점치는 것은 쉬울 테지만, 소문만 듣고서야 알 수 없는 일이다.

'물론 꿈속에서는 소마룡 구양대검이 우승했지만…….'

지금도 그러라는 법은 없다.

꿈대로 모든 것이 흘러간다면, 단리유화가 지금 자신과 함께 객잔에서 소면과 만두를 먹고 있을 일은 없을 테니까 말이다.

오늘의 여정은 이 객잔까지다.

이미 방도 잡아 놓았다. 오늘 이곳에서 하루 묵고 내일 또 길을 떠난다.

숭무련에 가까워질수록 방을 구하는 것이 어려웠다.

오늘 이곳도 무려 여섯 군데의 객잔에서 방이 없다는 말을 들은 후에야 일곱 번째에서 구한 것이다.

두 사람이 방 두 개를 잡으려 하니 더 어려웠다.

식사가 끝나갈 무렵.

입구 쪽이 시끄러웠다.

간혹 그런 무림인들이 있었다. 자신의 강한 무력을 믿고 행패를 부리는 이들 말이다.

하지만 지금 이 객잔은 거의 모든 방을 무림인들이 빌렸다고 해도 좋을 만큼 무인들이 많았다. 보통 자신감으로는 행패를 부리려야 부릴 수 없다.

이 많은 사람 중 누가 숨어 있는 고수인지 알 수 없는 노릇이니까.

그럼에도 불구하고 세 사람이 목소리를 높이고 있었다.

"이곳이 벌써 아홉 번째라고!! 그런데 방이 없다고!!"

꾀죄죄한 몰골이 이제 막 성안으로 들어온 듯했다.

어둑어둑한 밖을 보니 그들이 방을 구할 확률은 한없이 낮아 보였다. 이제 어지간한 객잔은 모두 방이 찼을 시간이다.

홍원과 단리유화도 한번 그런 낭패를 겪었다.

그 이후 여정의 속도를 조절했다. 늦게 도착하여 객잔을 못 잡을 것 같으면 아예 중간에 노숙하든지, 출발을 아주 일찍 하든지 하면서 오후 느지막한 시간에는 객잔에 도착할 수 있도록 했다.

"후아, 아무래도 오늘은 우리가 노숙해야 할지도 모르겠는걸……."

세 사내 중 한 명이 포기한 듯 중얼거렸다. 그러나 두 눈이 쭉 찢어진 인상의 사내는 절대 그럴 수 없다는 절박한 얼굴이었다.

"빌어먹을. 그러면 벌써 우리만 네 번째라고!"

"어쩌겠어. 설마 여기서 싸우기라도 해서 방을 빼앗자는 건 아니지?"

세 사내의 소리가 제법 시끄러워 객잔에 앉아 있는 이들의 시선이 은근히 그들을 향했다.

대놓고 지켜보는 이는 없었지만, 다들 알게 모르게 힐끔거리고 있었다.

몇몇 무인은 아주 흥미롭다는 얼굴로 술을 홀짝이고 있었다.

"하아, 씨팔. 정 조장 새끼, 맨날 우리만 붙잡아서는……."

지난 사흘간 노숙을 했다. 그 탓에 피로는 쌓일 만큼 쌓였다.

그 피로 탓에 여정을 겪는 동안 실수가 잦았고, 그 실수를 핑계로 조장이라는 놈이 그들에게 잔업을 시켰다.

그리고 늦게 숙소를 찾아 나서는 바람에 이렇게 또 노숙할 위기에 처했다.

악순환이다.

홍원은 그들을 흥미롭게 바라보았다. 그들이 어찌할지가 궁금했다.

평범함.

보통.

그것에 대한 사색을 멈춘 것이 아니다. 여정을 보내는 동안, 단리유화와 대화를 하는 동안, 그리고 수많은 장삼이사를 보는 동안 끊임없이 사색하고 있었다.

천선심법의 공능이다.

마음을 여덟까지 나눌 수 있는 그 신묘함.

홍원은 현재 마음을 둘로 나누어 한쪽은 끊임없이 화두에 대해 사색을 하고 있었다.

오로지 정신을 모아 깊은 명상에 잠기는 것에 비할 바가 아니었지만, 화두에 대한 사색을 멈추고 싶지는 않았다.

'기운의 흐름을 보아하니 사혈궁의 사람들 같은데……'

아마도 최고 말단 무사들이리라.

그러니 단체로 구한 숙소에 들지 못하고 소수로 나뉘어 각자 알아서 잠자리를 구하러 다니는 것이리라.

저들이 그나마 이곳에서 행세라도 하려면 사혈궁의 이름을 팔아야 한다.

사도(邪道)를 걷는 그들의 성향을 생각하면 그럴 수도 있을 것 같았다. 하지만 이곳은 숭무련이 곧 지척인 셈이다.

숭무련의 주세력권에서 과연 그럴 수 있을까?

그런다면, 그야말로 아무 생각이 없는 짓이었다.

찢어진 사내의 어깨가 축 처졌다.

그도 어쩔 수 없는 이 현실을 인정한 것이다. 세 사람은 힘없는 걸음으로 객잔을 나갔다.

그 뒷모습이 유독 처량해 보였다.

"왜 그러세요?"

단리유화가 홍원을 보고 물었다.

"저들은 무슨 사정이 있는가 해서 말입니다."

"복색을 보아하니 사혈궁의 하급 무사들인 듯해요. 아마 저들의 숙소까지는 구하지 못해서 알아서들 묵으라고 내보낸 듯하네요."

과연 숭무련의 고위층답게 단리유화는 대강의 사정을 짐작하고 있었다.

"저렇게 조용히 물러난 게 현명한 선택이에요. 이미 이 성 주위에 숭무련의 무력대가 자리하고 있을 테니까요. 무림 대회 때문에 곳곳에 숭무련의 눈이 깔렸어요."

"숭무련으로 못 간다고 했었던 것 같은데, 그렇게 깔린 눈들은 상관없는 거요?"

홍원이 의아하다는 듯 물었다.

단리유화는 홍원에게 선문강과의 얽힌 이야기를 하지 않았다. 온갖 치부가 드러날 이야기이기에 의도적으로 피한 것이다. 그녀는 홍원이 죽림이라는 사실을 모르니 당연했다.

"내부에만 들어가지 않으면 상관없어요."

그렇게 간단히 답했다.

하지만 실상은 아니다. 선문강이 무림 대회로 정신이 없는 이때 최대한 빠르게 일을 마치고 나와야 했다.

그래서 일부러 지금 돈을 찾으러 떠난 것이 아니던가.

깨달음과 영약으로 인해 얻은 것들을 수련을 통해 더 정리하고 싶은 것이 그녀의 본심이었다. 하지만 그러다가 무림 대회가 끝나 버리면 단리유화는 숭무련 근처로 오기가 힘들었다.

선문강이 다시 자신을 쫓을 테니 말이다.

"그렇군요. 그나저나 하급 무사라는 위치는 무척이나 힘들군요. 제대로 된 숙소조차 구하지 못하다니… 보통 사람들이 생각하는 무림과는 전혀 다른 세계 같습니다."

홍원이 안타깝다는 듯 말했다. 그 말에 단리유화가 고개를 끄덕였다.

"맞아요. 꿈을 좇아 무림에 발을 디딘 자들 중 그 꿈을 이루는 사람은 일 푼이나 될까요?"

단리유화가 천장을 잠시 바라보며 말했다.

식사를 마친 두 사람은 삼 층으로 올라갔다. 삼 층의 일 인실 두 개가 그들의 숙소였다. 방은 제법 멀리 떨어져 있었다.

홍원은 자신의 방으로 가기 전에 단리유화에게 말했다.

"내일 아침 자리에서 일어나거든 일 층에서 만나도록 하지요."

"알겠어요."

두 사람은 그렇게 각자의 방으로 헤어졌다.

방으로 들어간 홍원은 곧장 밖으로 나왔다. 그리고 거리로 나섰다.

기감을 넓혀 아까 그 세 사람을 찾았다.

찢어진 눈을 가진 사내의 그 얼굴이 계속 머리에 남아 있어 행한 걸음이다.

객잔을 나선 홍원이 그들을 찾는 것은 어렵지 않았다.

어두운 골목 뒤, 처마와 처마가 맞닿는 아래에 세 명이 나란히 벽에 기대앉아 있었다.

장포를 두르고 추위를 참고 있는 모습이 안쓰러웠다.

"무슨 일이오?"

홍원이 다가오자 그들 중 한 명이 물었다. 추위를 조금이라도 쫓아보고자 세 사람은 굉장히 가깝게 붙어 앉아 있었다.

"아까 객잔에서 보고 왔소."

홍원의 말에 세 사람의 얼굴이 이상하게 변했다. 상대가 무엇 때문에 자신들을 찾았는지 알 수 없었기 때문이다.

"일단 일 인실의 작은 방이긴 하오만… 당신들 셋이서 머물러도 괜찮겠소?"

"그게 무슨 말씀입니까?"

째진 눈의 사내가 입을 열었다. 방을 준다는 말에 대번에 경어가 튀어나왔다.

"그 말 그대로요."

홍원은 무덤덤하게 말했다.

오늘이 나흘째 노숙이라는 말이 홍원의 마음을 움직였다. 말단 하급 무사들의 삶이 너무도 힘들고 팍팍해 보였다.

오늘 자신이 작은 방을 내주는 도움을 주더라도, 이들의 삶이 크게 달라지는 않을 것이다.

그래도 적어도 오늘 하루는 따뜻한 방에서 자게 해주고 싶었다.

갑자기 든 생각에, 변덕스러운 행동이다.

홍원도 그 사실을 잘 알았다. 그래도 자신의 눈앞에서 일어난 일이기에 이 정도 호의는 베풀고 싶었다.

그들이 객잔에서 소란을 피운 것이, 현 상황에 대한 억울함 때문임을 알았기 때문이다.

엄한 사람들에게 행패를 부렸다면 이런 호의는 없었을 것이다. 그저 자신들의 억울한 상황에 대한 울분만을 터뜨리고 조용히 나갔다.

그래서 쫓아왔다.

사혈궁의 이름을 팔지도 않았다. 그 이후의 후환이 더 두려워서 그랬을지도 모를 일이다. 그래도 이들은 기본은 알고 지켰다.

"그러면 공자께서는 어찌하시려고 그러십니까?"

"뭐, 하룻밤 정도야 어떻게든 되지 않겠소. 당신들은 벌써 나흘째라 들었소만?"

홍원의 물음에 그들은 대답하지 못했다.

"따라오시오."

세 사람은 주춤주춤 일어나 홍원의 뒤를 따랐다.

홍원의 방은 좁았다. 하지만 아까의 그 처마 밑보다는 훨씬 따뜻하고, 아늑했다.

한 사람은 침상에, 두 사람은 바닥에 자리를 잡으면 어떻게든 오늘 하루 편안히 잘 수 있을 것 같았다.

"저, 여기……."

째진 눈의 사내가 돈을 내밀었다. 하룻밤 방을 빌리는 비용 정도였다. 홍원은 거절하지 않았다. 이것이 저들이 자신에게 보답할 수 있는 최선의 방책임을 아는 까닭이다.

"정말 감사합니다."

"이 은혜 잊지 않겠습니다."

"그럼 편히 쉬시오."

인사를 받은 홍원은 그 말을 남기고 객잔을 나섰다.

이제 하룻밤을 보낼 곳을 찾아야 한다. 아까 그 장소로 가 볼까 하다가 말았다.

차라리 성 밖의 숲을 찾아 다녀오는 것이 나을 것 같았다.

그렇게 성벽을 향해 걸음을 옮겼다. 이 시간에 성문이 열려 있을 리는 없고, 외지인인 자신을 위해 쪽문을 열어 내보내 줄 것 같지도 않았다.

월담을 생각한 홍원은 천천히 움직였다.

그렇게 걷고 있는 홍원의 두 눈에 화려한 건물이 들어왔다.

많은 마차가 그 건물 옆에 세워져 있었다.

화화루(花花樓).

기루였다. 그리고 마차들에는 사혈궁의 깃발이 꽂혀 있었다.

그들이 오늘 구한 숙소가 이곳인 듯했다.

대강의 기운을 살피니 기루 안은 질펀한 술판이 벌어져 있었다.

"쯧쯧."

말단 하급 무사들은 잘 곳도 찾지 못하는데, 높은 자리의 무사들은 기루 하나를 통으로 전세를 내서 저리 놀고 있으니 절로 혀를 찰 수밖에 없었다.

"네 녀석! 뭐냐?"

그 소리를 들은 것일까?

붉은 얼굴로 입구에 앉아 있던 장한 하나가 사나운 눈으로 홍원을 쏘아보며 말했다.

"나 말이오?"

"그래, 네놈!"

홍원이 자신을 가리키며 묻자 대답이 돌아왔다.

"너 따위 녀석이 뭔데, 감히 대사혈궁의 마차를 보고 그따위 태도를 보인단 말이냐."

얼큰하게 술에 취한 듯했으나, 그 말소리는 똑똑히 들렸다.

"오해인 것 같소만."

홍원은 귀찮은 일에 휘말리기 싫었기에 대강 말하고 자리를 뜨려 했다.

하지만 그는 홍원의 앞길을 막았다.

"허, 감히 대사혈궁의 일급 무사인 이 몸이 우습게 보인단 말이냐?"

그가 기세를 더욱 크게 올렸다. 하지만 홍원을 다가오는 걸음을 보니 술에 취한 것이 틀림없었다.

걸음이 비틀거리는데도 말은 똑바로 하다니, 신기한 주사라는 생각이 들었다.

홍원은 이곳에서 이자가 더 소란을 피우게 내버려 둘 생각이 없었다. 기루 안에서는 저마다 부어라 마셔라 놀기에 바빠 이곳 상황을 신경 쓰는 이가 없었다.

홍원은 천천히 사내에게 다가가 어깨를 두드렸다.

"오해라니 그러시오."

그와 동시에 손끝에서 나온 지풍이 그의 혼혈을 짚었다. 정신을 잃고 쓰러지려는 그를 벽 한쪽에 잘 기대 놓은 후, 홍원은 가던 길을 마저 갔다.

'아무래도 사대세력 중 가장 먼저 무너지는 곳은 사혈궁이 될 것 같군.'

기강이라는 것이 있다.

숭무련이라는 다른 세력을 방문하는데, 저리 풀어진 기강을 보이는 곳이라면, 그 미래에 눈에 뻔히 보였다.

홍원이 재빨리 상대를 기절시키고 자리를 뜬 덕에 더한 소란이 일지는 않았다.

홍원은 성 밖의 숲에서 편안히 밤을 보냈다.

다음 날.

객잔으로 돌아오니 그들은 이미 떠나고 없었다. 제법 이른 시간에 왔음에도 말이다.

'무척이나 고된 생활을 버티는구나. 그러고 보니 이름도 물어보지 않았군.'

홍원은 객잔 일 층의 식당에서 차를 마시며 생각했다.

그들에게 자신의 이름도 가르쳐 주지 않았고, 그들의 이름도 듣지 않았다.

수많이 스쳐 지나가는 인연 중 하나이기에, 그리 중요한 것은 아니었다.

인연이 있다면 다시 만나리라.

식당에서 얼마나 시간을 보냈을까. 단리유화가 내려왔다.

두 사람은 소채와 국수, 만두로 간단한 아침 식사를 마친 후 거리로 나왔다.

북문으로 나가는 것이 가장 빠른 길이었기에 두 사람은 성의 북쪽으로 향했다.

이르다면 이른 시간인지라 거리는 한적했다.

아니, 한적하다고 생각했다.

그때.

뒤쪽에서 시끄럽고 요란한 소리가 들렸다.

"비켜라!"

"길을 비워라!"

"사혈궁의 대공자께서 지나가신다! 어서들 비켜라!"

하급 무사로 보이는 이들이 목이 터지라 외치며 달려오고 있었다.

소란과 함께 우르르 몰려온 무사들의 기세에 홍원과 단리유화는 길 한편으로 비켜섰다.

저렇게 요란하게 위세를 떨며 다니는 이와 엮여서 좋은 꼴 못 본다는 것은 단리유화도 홍원도 잘 알고 있었다.

그렇게 고래고래 소리를 지르던 이들 중 하나가 홍원을 발견하고는 꾸벅 고개를 숙였다. 홍원을 보는 그의 눈에는 미안한 기색이 역력했다.

간밤의 세 사람 중 한 사람이었다. 째진 눈을 가진 사내와 달리 유독 말이 없던 사내. 홍원의 기억으로는 어젯밤에 이 사내의 목소리를 들은 적이 없었다.

지금 들으니 중후한 저음의 목소리가 제법 멋스러웠다.

그 목소리를 고작 이런 일에 사용한다는 것이 아까웠다.

"뭐해! 더 빨리빨리 못 움직여!"

그때 그 뒤에서 다른 목소리가 섞여들었다. 짜증과 성질이 가득한 목소리다. 그냥 목소리만 들어도 그 주인의 성정이 그다지 좋을 것 같지는 않았다.

하급 무사를 지휘하는 조장의 자리에 있는 일급 무사였다.

그는 사나운 얼굴로 주변의 행인들을 훑었다. 더 멀리 떨어지라는 의도였다.

그런 그의 시선과 홍원의 시선이 마주쳤다.

"호오. 이것 봐라? 어디로 도망갔나 했더니?"

그가 하급 무사들을 재촉하는 것을 멈추고 홍원에게로 다가왔다.

어젯밤의 그자였다.

홍원에게 술주정하며 시비를 걸다가 조용히 쓰러진 자.

"무슨 말이오?"

홍원의 물음에 그는 헛웃음을 터뜨렸다.

"무슨 말? 허어. 네 녀석은 지금 상황 파악이 안 되냐?"

동네 건달패나 쓸 법한 언사였다.

홍원을 사납게 꼬나 보던 그의 시선이 곁에 있는 단리유화로 향했다.

면사를 쓰고 있는 단리유화의 머리끝부터 발끝까지 훑는 그의 시선은 음탕하기 그지없었다.

"꼴에 여자도 끼고 다니신다?"

단리유화는 잠자코 있었다.

지금 저 사람과 홍원이 무슨 관계인지 몰랐기 때문이다. 시비를 거는 것은 명백했다. 일단 지켜보다가 자신이 나서야 할 때가 되면 나설 생각이었다.

단지 저 시선은 무척이나 기분이 나빴다.

말아 쥔 주먹에 힘이 들어갔다. 하지만 그 사내는 그런 것은 눈치채지 못했다.

"저, 정 조장님."

그때 한 하급 무사가 달려왔다.

어젯밤의 세 사람 중 째진 눈이었다.

"뭐야?"

갑자기 끼어든 부하의 말에 정 조장은 짜증을 버럭 냈다.

"저, 곧 대공자님의 마차가 이곳으로 옵니다. 어서 앞쪽을 정리하심이……."

째진 눈이 조심스레 말하자 정 조장은 그에게로 몸을 획 돌렸다. 그러고는 발길질을 했다.

"감히 네놈 따위가 나한테 무슨 훈수냐! 내가 알아서 할 테니 네놈은 네놈 할 일이나 해!"

홍원은 정 조장의 발길질에 마구 맞고 있는 그를 안타깝게 보았다.

아무래도 째진 눈이 홍원을 알아보고, 자신이 할 수 있는 한 도와주려 나선 것 같았다. 그런데 그 결과가 저 무자비한 구타라니.

아무래도 그냥 두어서는 안 될 것 같았다.

"이놈은 어젯밤에 우리 대사혈궁의 깃발을 보고 비웃은 놈이다! 그런 놈을 징치하려는데 네 따위가 뭐라고 끼어들어!"

그는 자신의 분을 이기지 못하는 듯 씩씩거리며 구타를 계속했다.

째진 눈은 그저 온몸을 말아 최대한 버티는 것 말고는 할 수 있는 것이 없었다.

정 조장이라는 자는 어제 그렇게 취했으면서도 모든 일을 기억하고 있었다.

갑자기 정신을 잃고 쓰러졌는데도, 그 전에 시비가 붙었던 홍원의 얼굴과 그 이유도 정확히 기억하고 있었다. 대단하다면 대단한 기억력이다.

"그만하시오. 그러다가 사람 하나 잡겠소."

홍원이 한 발 앞으로 나서며 말했다.

그러자 정 조장의 얼굴이 홍원에게로 휙 돌아왔다. 홍원을 노려보는 그는 째진 눈에게 가하던 구타를 멈추고 홍원에게로 다가갔다.

"그래. 맞아. 사실 네놈이 먼저였지. 내가 채평 저 멍청한 놈 때문에 잠깐 잊었어."

채평이 저기 몰골로 쓰러져 있는 째진 눈의 이름인 듯했다.

홍원이 마주 한 발 앞으로 나섰다.

정 조장이라는 자의 기세가 흉흉했다. 단리유화는 홍원이 감당하지 못할 거라 판단하고 그녀도 함께 한 발 앞으로 나섰다.

단리유화를 흘깃 바라보는 정 조장의 눈에는 음탕함이 가득했다.

"무슨 일이냐?"

세 사람이 막 부딪히려는 찰나 뒤에서 소리가 들렸다.

어느새 뒤로 많은 무사가 다가오고 있었다. 사혈궁의 깃발을 휘날리는 마차들도 움직이고 있었다.

정 조장이 채평을 구타하는 동안 사혈궁의 행렬이 그만큼 가까워진 것이다.

정 조장의 행동 때문에 행렬이 잠깐 멈췄다. 그 사이 무슨 일인지 알아보러 한 무사가 다가온 것이다.

그냥 봐도 눈앞의 정 조장보다는 훨씬 높은 지위에 있는 듯
했다.

"아, 당주님. 여기 이놈이 감히 사혈궁을 욕보여 본때를 보여
주려던 참입니다."

"무슨 말이냐? 막호."

당주라 불린 이가 정 조장, 아니, 정막호를 보며 되물었다.

"네. 송 당주님. 어찌 된 일이냐 하면……."

그 물음에 정막호는 전날 밤의 일부터 미주알고주알 떠들었
다. 그 말을 듣는 당주의 얼굴은 과히 좋지 않았다.

결국, 술 먹고 행패 부리다가 술에 취해 정신을 잃었고, 그
대상을 다시 만나서 화풀이하고 있다는 소리로 들렸다.

기실 정막호는 어제 화화루 앞 길바닥에 엎어져 자는 모습
을 대공자에게 들켜 밤새 치도곤을 당했었다.

자신의 체면에 먹칠을 했다고 말이다.

아직 정신을 못 차린 것 같다.

그 화풀이 대상을 찾았다고, 대공자의 행렬을 지체하게 하다
니.

"네놈, 죽고 싶은 게구나."

당주의 목소리가 낮게 깔리자 정막호는 당황했다. 대체 이게
무슨 일인가 하는 얼굴이다.

"무슨 일이야. 대체."

그때 마차의 창이 열리며 젊은 사내의 얼굴이 불쑥 튀어나
왔다.

혈기린 교상번.

현 사혈궁주 혈혼창제 교중학의 장손자였다.

갑자기 불쑥 얼굴을 내민 대공자의 행동에 송 당주는 깜짝
놀랐다.

그러고는 재빨리 지금까지의 일을 설명했다.

교상번은 가만히 그의 말을 듣고 있었다. 그의 시선에 채평
과 정막호가 들어왔다.

이어서 그는 홍원과 단리유화를 보았다.

감히 자신의 행렬을 막은 이를 보는 것이다. 그런 그의 눈에
이채가 어렸다.

사내와 여인 중 여인의 모습이 낯이 익었다.

면사로 얼굴을 가리고 있다 하나, 그 풍기는 분위기가 기억
속에 있는 것 같았다.

교상번이 잠시 기억을 더듬었다. 하지만 쉬이 떠오르지 않았
다. 몇 번 고개를 갸웃거렸다. 그러다가 다시 시선을 돌렸다.

일단 쉬운 것부터 처리하려는 속셈이었다.

"정막호."

낮은 음성이지만 그 분위기는 스산하기 그지없었다.

"네, 넷. 대공자님."

정막호는 바짝 얼어 있었다.

"어제도 분명히 말했을 텐데. 내 체면에 똥칠하지 말라고. 길
바닥에서 자는 것도 모자라 이런 소란이냐."

정막호는 고개를 숙이고는 아무 말도 하지 못했다. 이 시점

에서 무슨 말이라도 한다면 지금보다 더한 불호령이 떨어진다
는 것을 누구보다도 잘 알았다.

"자꾸 이러면 아무리 너라도 더 이상 봐줄 수가 없어. 안하
무인도 정도가 있지."

"죄, 죄송합니다."

교상번이 송 당주에게 고갯짓했다. 송 당주는 정막호를 행렬
의 가장 후미로 데리고 갔다.

"저 녀석도 챙겨."

교상번의 명령에 전날 밤, 째진 눈과 함께 움직인 두 사람이
재빨리 그를 부축해서 옮겼다.

그리고 다시 홍원과 단리유화를 바라보았다.

"거기, 소저. 혹시 나와 만난 적이 있던가?"

기억을 더듬어도 떠오르지 않으니 직접 물었다.

"없습니다."

단리유화는 짤막하게 답했다. 길게 대화해서 좋을 것이 없
다는 판단이었다.

그녀의 목소리를 들은 교상번이 다시 한번 고개를 갸웃거렸
다. 목소리 역시 어쩐지 들어본 것 같았기 때문이다.

하지만 그는 곧 그녀에게서 관심을 거두었다.

이 정도까지 해도 떠오르지 않는다면 별로 중요한 사람은
아닐 거라는 생각에서였다. 더 이상 귀찮게 기억을 뒤지고 싶
지도 않았다.

이번에는 그의 시선이 홍원을 향했다.

"네가 사혈궁의 깃발을 비웃었다고?"

송 당주는 정막호가 했던 말을 전부 교상번에게 전했기에 그도 시비의 이유를 알고 있었다.

"아까도 말씀드렸습니다만, 오해입니다."

홍원이 정중한 어조로 말했다.

"오해라……."

교상번이 손가락으로 무릎을 몇 번 두드렸다. 마차 창을 통해서는 보이지 않는 행동이었다.

"뭐, 정막호 그놈은 술에 취해 길거리에 뻗어 자기도 하는 놈이니 그럴 수도 있겠지."

뜻밖에 교상번은 순순히 수긍했다.

"그럼 출발하도록."

곧장 행렬을 출발시켰다.

그들이 떠나자 구경하러 모인 모든 사람은 안도의 한숨을 내쉬었다.

무려 사혈궁의 대공자다. 그가 이곳에서 꼬투리를 잡아 일을 벌인다면, 그 소란을 감당할 수 없었을 것이다.

"의외로 말이 통하는 사람이군요."

홍원이 행렬의 끝자락을 보며 중얼거렸다.

정막호는 고개를 숙인 채 마지막에서 힘없이 걷고 있었다.

단리유화는 그 모습에 고개를 갸웃거렸다.

그가 아는 교상번은 저런 사람이 아니었다. 오만하고, 편협했으며 자존심이 엄청났다.

그런 그의 성격상, 어쨌든 행렬이 멈췄으면 응당 엄청난 난리를 피울 것으로 생각하고 긴장했건만 이리 조용히 넘어가다니.

"이상하네요."

단리유화가 중얼거렸다.

"그가 말이 통하는 사람이 아니라는 의미입니까?"

"아마도요. 제가 겪은 바로는 그래요."

"사람은 쉽게 바뀌지 않죠."

홍원이 고개를 끄덕이며 말했다.

그와의 인연이 있는 듯한 단리유화의 말을 믿자면, 이런 반응은 이상한 것이 된다.

'그렇다면 무슨 꿍꿍이가 있다는 뜻이지.'

홍원은 속으로만 생각했다.

어쨌든 한바탕 소란도 지났으니 갈 길을 계속 가야 했다.

두 사람은 천천히 걸음을 옮겼으나 그 속도는 느리기 짝이 없었다.

자신들과 시비에 휘말린 사혈궁의 일행이 같은 길로 가고 있다. 최대한 느린 속도로 그들과의 거리를 벌리고 싶었던 것이다.

"송 당주."

성문을 벗어나서 조금 더 이동했을 때.

교상번은 송 당주를 불렀다. 송 당주는 잔뜩 긴장한 얼굴로 마차로 다가왔다. 그가 대공자를 모신 지 올해로 십 년째다.

그만큼 그 성격을 잘 알았다.

성안에서 너무 조용히 지나갔다. 그 말인즉슨 성 밖에서 사달이 날 수 있다는 뜻이다.

역시나 예상대로 성문을 벗어나자 자신을 불렀다.

"정막호는?"

"제일 마지막에서 조용히 따라오고 있습니다. 다른 조장 둘을 붙여서 자중시키도록 했습니다."

송 당주의 말에 교상번은 고개를 가로저었다.

"그놈 때문에 골치 아파 죽겠어. 쯧."

교상번의 혀 차는 소리에도 송 당주는 가만히 있었다. 그 두 사람의 관계에 대해서 자신은 아무 말도 할 수 없는 처지였기 때문이다.

"할머니와 이모할머니 입장 때문에 참고 있는데… 이것도 한계야 이제."

그랬다.

정막호는 교상번의 인척이었다. 정확히는 육촌 형이었다.

그것도 할머니가 상당히 아끼는 종손자였다.

교상번으로서는 도무지 이해할 수 없는 일이다. 어디 쓸데라고는 없는 멍청한 녀석이건만, 어째서 그리 싸고도는 걸까.

물론 할머니에게 가장 중요한 손자는 자신이다. 종손자와 비교가 되겠는가.

그런데도 할머니는 늘 이모할머니와 그 손자인 정막호를 안타까워했다.

가장 아픈 손가락이라나. 그 이유는 알 수 없었다.

그런 할머니의 간곡한 부탁으로 정막호를 자신의 휘하에 두고 있으나 마음에 들지 않았다.

할머니와 이모할머니의 의도는 알고 있었다. 장차 사혈궁을 이어받을 자신과 친분을 쌓아 차후 한자리 받을 수 있게 하려는 것이다.

'그것도 능력이 있어야지. 그런 쓰레기를……'

아버지의 말씀으로는 할머니께서 가장 아끼는 동생이 정막호 그 녀석의 할머니라 그렇다고는 하시지만.

음으로 양으로 할머니의 지원을 받고도 겨우 일급 무사 정도의 실력에 머무르는 거로 봐서는 쓸모가 없었다.

"이번 일을 마치고 돌아가는 대로, 호법원으로 보내야겠어."

사혈궁의 호법원은 은퇴를 기다리는 노고수들이 머무는 곳이다. 그리고 궁주 일가의 친인척 관계에 있는 이들이 머물기도 한다.

사혈궁의 핵심 권력과는 한발 떨어져 있는 곳이다.

"혈문각에 그렇게 전하도록 하겠습니다."

혈문각은 사혈궁의 내정 인사 등을 담당하는 곳이다. 뒷말이 나오지 않도록 절차대로 처리해 놓겠다는 말이었다.

교상번으로서는 그런 송 당주가 무척이나 마음에 들었다. 자신의 의도를 제대로 파악하고 속 시원히 일을 처리하니 말이다.

"그리고 정막호한테 두드려 맞았던 놈."

"네."

"버려. 그런 놈 필요 없어. 같은 조원도 전부. 정막호 같은 놈

밑에 있었으니 쓸데없는 놈들이야."

"알겠습니다."

그들은 운이 없어 정막호의 휘하로 들어간 세 사람일 뿐이다. 그 사실을 너무나 잘 아는 송 당주였지만 아무 말도 하지 않았다.

교상번이 그 사실을 몰라서 이런 명령을 내린 것이 아니라는 사실을 잘 알았다.

지금 교상번은 화풀이하는 중이다.

이럴 때는 잠자코 시키는 대로 하는 것이 가장 좋았다.

"마지막으로."

"네."

"사혈궁을 비웃었다는 그놈."

"네."

"손을 봐줘야지. 감히 사혈궁의 깃발을 보고 비웃었다니."

송 당주가 생각하기에 아마도 비웃었을 리 없었다.

그 말은 어디까지나 정막호가 시비를 걸기 위해 만들어낸 이유일 것이다.

하지만 그것이 대공자의 입에서 나왔다면 달라진다.

이제는 명분이 되어버렸다.

증거나 증인 따위는 필요도 없고, 의미도 없었다.

그가 그렇다면 그런 것이다.

"제가 알아서 처리하는 것이 좋겠습니까? 아니면 직접 손을 쓰실 생각이십니까?"

송 당주는 조심스레 물었다.

교상번은 그의 이런 처세가 무척이나 마음에 들었다.

"직접 한다. 아무래도 찝찝한 것도 있고 하니까."

그 면사의 여인.

무언가 떠오를 듯 떠오르지 않았다.

그렇게 채평과 두 동료는 억울하게 사혈궁에서 쫓겨났다. 아무리 하급 무사라지만 너무한 처사였다.

그럼에도 아무도 무어라 하지 못했다.

당사자들 역시 아무 말이 없었다.

대공자가 직접 내린 명령이라 했으니, 아무 소용이 없다는 것을 아는 까닭이다.

그렇게 두 사람은 엉망진창이 된 채평을 얹고는 다시 성으로 돌아갔다.

돈 한 푼 없이 쫓겨났으나 길에서 아무것도 안 하고 있을 수는 없었다.

세 사람은 마주 오는 홍원과 단리유화와 마주쳤다.

"응? 어찌 된 일이오?"

홍원이 그들을 보고 물었다.

"아, 공자. 이 길로는 가지 않는 것이 좋으실 겁니다."

과묵했던 사내, 종가덕이 말했다. 채평은 정신을 잃은 채였다.

"그게 무슨 말이오?"

홍원의 물음에 종가덕이 자초지종을 설명했다. 언제 그리 과묵했나 싶을 정도로 조리 있는 설명이었다.

"흐음."

그의 말을 모두 들은 홍원의 얼굴이 딱딱하게 굳었다.

단리유화의 이야기가 맞았다. 또한, 자신의 예상이 맞기도 했다.

하지만 이렇게 이들을 내칠 것이라고까지는 예상하지 못했다.

"의원을 찾아갈 여유는 있는 것이오?"

홍원이 채평의 상태를 살폈다.

종가덕과 다른 한 사람, 태민책은 고개를 가로저었다.

그 대답에 홍원은 품에서 약간의 돈을 건넸다.

"이러실 필요는 없습니다."

종가덕이 급히 손을 내저었으나 홍원은 그 손에 돈을 꼭 쥐여 주었다.

"일단 그곳에서 몸을 추스르는 게 먼저요. 그러니 사양하지 마시오."

그렇게 세 사람을 보낸 홍원과 단리유화는 걸음을 계속 이었다.

세 사람은 극구 위험하다며 홍원을 말렸지만, 홍원의 마음을 돌리지는 못했다.

교상번이나 송 당주는 홍원과 세 사람의 인연을 몰랐기에 이렇게 그냥 버린 것이다. 만약 이들이 이렇게 홍원과 만나 그를 붙잡을 줄 알았다면 아마도 그들을 버리는 것은 훨씬 나중의 일이었을 것이다.

홍원은 상당히 분노하고 있었다.

무림의 사대세력의 한 곳의 후계자라는 자가 이런 모습을 보이다니.

자신의 사람을 이렇게 간단히 내쳐 버리는 모습에 충격을 받았다.

'역시 사도(邪道)를 걷는 집단이란 말인가.'

단리유화는 조심스레 입을 열었다.

"아까 그들의 말이 맞아요. 사혈궁에서 우리를 기다리고 있다는 걸 알면서 굳이 이 길을 갈 필요는 없어요. 피하는 것도 좋은 방법이에요."

그녀도 홍원을 말렸다.

타당한 의견이다.

그들 두 사람으로 그 일행을 감당한다는 것은 말이 안 되는 일이니까.

"교상번, 그자는 그 편협함 만큼이나 집요한 자예요. 우리 두 사람으로 감당할 수 없어요."

단리유화가 다시 한 번 말했다.

"제 신분을 밝힌다고 해도… 장 공자에 대한 앙갚음을 멈추지는 않을 거예요."

그녀의 목소리에 걱정이 가득했다.

하지만 홍원은 멈추지 않았다.

그는 앞으로 나아갈 뿐이다.

어젯밤의 노숙에서 하나의 단초를 얻었다.

홍원이 그들 세 사람에게 방을 양보한 것은 그저 마음이 자연스레 그렇게 흘러갔기 때문이다.

그래서 숲속의 노숙도 기분이 좋았다.

사색하며 잠을 청할 때 작은 단초를 하나 얻었다.

보통 사람. 평범함.

자신은 억지로 그러려고 했다는 것이다.

자연스럽지 못했다.

억지로 바꾸려고 하는 것은 흐름에 반하는 것이다.

그것은 자신의 깨달음과도 맞지 않았다.

한데 왜 그랬을까.

천선을 펼칠 때는 너무나 자연스러웠으나, 사람을 대하고, 행동함에 있어서는 그러지 못했다.

억지로 자신을 숨기려 했다.

아니, 억지로 평범해지려 했다.

과연 그게 옳은 것일까.

옳지 않은 것이다.

그런 결론에 도달했을 때, 머릿속에 가득한 안개가 살짝 걷히는 느낌이었다.

그래서 어제는 아주 기분 좋게 잠이 들었다.

그래서 그 세 사람이 고마웠다.

의도하든 의도하지 않았든, 필연이든 우연이든.

자신이 그들을 보았고, 자연스레 동한 마음대로 행하여 얻은 단초였다.

그 인연이 고마웠던 것이다.

그래서 홍원은 지금 분노하고 있었다.

이것도 자신의 마음이 흐르는 것을 막지 않았다. 순수하게
분노를 흘려내고 있었다.

성안에서의 사달이 났을 때는 그 단체 내에서의 일이니 그들
이 적절히 잘 처신하리라 생각했다.

그런데 저리도 허망하고 비참하게 버림받다니.

홍원의 걸음걸음에 힘이 넘쳤고, 족적은 깊게 남았다.

얼마나 걸었을까.

길을 막고 선 무리가 보였다.

거친 바람에 나부끼는 깃발의 세 글자가 똑똑히 보였다.

사혈궁.

그들이 홍원을 기다리고 있었다.

홍원은 당당한 걸음으로 그 가운데로 들어가고 있었다.

"호오. 의외로군."

무리의 가운데 자리한 교상번이 의외라는 얼굴로 말했다.

그의 얼굴에는 잔인한 미소가 떠올라 있었다.

"무엇이 말이오?"

홍원이 물었다.

"우리를 보고도 그리 당당히 오고 있는 모습이 말이야."

교상번이 살짝 혀로 입술을 핥았다. 그의 성정을 그대로 보
여주는 듯한 행동이다.

"그대는 나를 막고자 길을 막은 것이오?"

홍원이 교상번을 똑바로 보며 물었다.

"응? 뭐라? 푸하하하! 내가 겨우 너 따위를 막겠다고 길을 막았겠느냐."

홍원의 물음에 교상번은 크게 웃음을 터뜨렸다.

"네 녀석을 자근자근 밟기 위해서지."

금세 신색을 회복한 교상번의 얼굴에는 잔인한 미소가 드리워져 있었다.

"무엇 때문에 나를 그리한단 말이오?"

어느새 홍원은 교상번을 마주 보고 멈췄다. 아직 둘 사이의 거리는 멀었다.

"네가 우리 사혈궁을 능멸하지 않았더냐?"

"그런 적 없소만."

홍원의 대답에 교상번의 얼굴이 한쪽으로 돌아갔다.

"부, 분명 소인이 똑똑히 보았습니다."

교상번의 시선을 받은 정막호가 절규하듯 외쳤다.

"그렇다는데?"

교상번이 다시 홍원을 바라보았다.

"아까와는 말이 다르오. 오해였다고 분명 말한 것 같소만. 저자가 술에 취해 헛소리를 했다고는 생각 안 하시오?"

"아까와 지금은 다르지. 지금은 내가 그리 생각하고 있거든. 네놈이 본 궁을 능멸했다고 말이야."

"허… 그런 법이 어디 있소이까?"

홍원이 어이가 없다는 듯 되물었다.

"법? 법이라… 이곳은 무림이고, 무림에서는 힘이 곧 법이다."

교상변이 가볍게 손짓을 하자 무사들이 한 발 앞으로 나섰다.

"그런고로, 내 판결에 의하면 네놈은 본 궁을 능멸하였으니 그 죗값을 치르라. 이 정도 말장난에 어울려 줬으면 충분할 터."

교상변이 한 발 뒤로 물러섰다.

그러자 무사들이 천천히 홍원을 향해 다가왔다.

"힘이 곧 법이라······."

홍원은 잠시 교상변이 했던 말을 중얼거렸다.

그러는 동안에도 무사들은 점차 홍원과 단리유화를 향해 다가왔다.

단리유화는 내공을 끌어 올려 앞으로 있을 싸움에 대비했다. 온몸에 충만한 내공이 양 주먹으로 몰려갔다.

그녀의 옷자락과 면사가 가볍게 펄럭였다.

"호오··· 한 수는 있나 보군."

교상변이 그 모습을 보고 재미있다는 듯 중얼거렸다.

홍원은 가만히 하늘을 올려다보았다.

'힘이 곧 법이 되는 곳이 무림이라··· 무림은 그것이 자연스러운 곳인가?'

잠깐 떠오른 물음.

홍원은 무림인이라 하나 무림인이 아니기도 했다.

홍원이 겪은 무림인은 사부의 친구들이 전부다. 그리고 그 생리 또한 사부가 보여준 것이 전부다.

그곳에는 이런 법은 없었다.

다만.

꿈속의 무림은 달랐다.

그곳의 자신은 그야말로 강자존이오, 힘이 곧 법이었다.

그때를 떠올리자 홍원의 심상에 거대한 도가 떠올랐다.

섬뜩하고도 섬뜩한 도다.

홍원이 그 도를 바라보는 순간, 홍원의 몸에서 무시무시한 살기가 사방을 향해 폭사했다.

살기의 폭풍에 나무들이 세차게 흔들리며 낙엽이 무성하게 흩날렸다.

홍원은 재빨리 그 도를 지우고 심상에서 현실로 돌아왔다.

이곳에 있는 이들은 이미 그 살기에 노출된 다음이다.

단리유화가 깜짝 놀란 얼굴로 홍원을 쳐다보았다.

'아직도 제어가 안 되는군. 더 가다듬어야 하겠구나.'

홍원은 내심 그런 생각을 하며 앞을 보았다.

그를 향해 다가오던 이들이 모두 걸음을 멈췄다.

"방금 그건 뭐지?"

교상번이 찝찝한 얼굴로 중얼거렸다.

너무나 갑작스럽게 찰나간 일어난 폭풍.

진득한 살기가 자신을 향해 다가오는가 싶은 순간 사라져 버렸다.

과연 그것이 실제로 있었는지조차 헷갈리는 상황이다.

괜스레 기분만 더 나빠졌다.

"빨리 쳐라!"

교상번이 신경질적으로 외치자 무사들은 다시 홍원을 향해 다가갔다. 아까보다 빠른 걸음이다.

홍원도 마주 움직였다.

그의 몸에서 강한 기운이 넘실거리며 피어올랐다.

'걸어오는 부당한 싸움은 피하지 않는다. 힘이 곧 법이라면 내 힘을 보여줄 뿐이다.'

홍원까지 마주 움직이자 둘의 거리는 급속도로 가까워졌다.

단리유화는 멍한 얼굴로 그런 홍원의 뒷모습을 바라볼 뿐이다. 잔뜩 끌어 올렸던 내공도 어느새 다 흩어졌다.

가장 선두에서 오던 무사와 홍원이 마주쳤다. 두 사람 모두 서로의 간격에 들어섰다.

"차핫!"

무사가 검을 휘둘러 왔다.

홍원은 가볍게 손을 뻗을 뿐이다. 그 무사는 허무하게 뒤로 날아갔다.

모두가 깜짝 놀라며 그 모습을 바라보는 순간.

홍원은 무사들의 가운데로 뛰어들어 사납게 몰아쳤다. 한 번 주먹을 휘두를 때마다 한 명이 쓰러졌다.

홍원의 손과 발이 사방으로 휘몰아쳤다.

그야말로 추풍낙엽이었다.

그들은 제대로 된 반격은커녕 방어조차 못하고 나가떨어졌다.

교상번은 깜짝 놀란 얼굴로 그 모습을 바라보았다.

"어서 자네가 나서!"

교상번이 곁에 있는 송 당주를 향해 크게 외쳤다.

사일창(射日槍) 송화독.

사혈궁의 백대고수에 속하는 강자로, 교상번의 심복이었다.

송화독이 자신의 병기를 챙겨 앞으로 나갔다.

교상번은 이제 홀로 남았다.

홍원은 그들이 어떤 반응을 보이거나 말거나 손발을 놀리기에 바빴다.

하급 무사들은 자신들이 어떻게 당한 것인지 알지도 못한 채 쓰러졌다.

일급 무사나 이급 무사라 해도 다를 건 없었다.

그들은 그저 폭풍에 휩쓸리는 나뭇잎 그 이상도 이하도 아니었다.

"우어어어어."

정막호는 그 모습에 깜짝 놀라 뒤로 주춤주춤 물러섰다.

요절을 내버리겠다는 생각으로 나섰으나, 그는 은근슬쩍 다른 동료들 뒤로 물러서서 왔기에 아직 홍원의 손에 걸리지 않았다.

그가 가장 앞장서 오다가 뒤로 물러선 것은 단리유화 때문이었다.

내공으로 인해 옷이 펄럭이는 모습을 본 순간, 가장 앞서면 오히려 그녀에게 크게 낭패를 볼지도 모른다는 생각이 든 것이다.

가장 뒤에서 다가가면, 이미 쓰러져 있을 것이라 계산한 것이다.

그런 쪽으로는 눈치가 비상했다.

하지만 그 앞을 막아주던 다른 무사들도 모두 쓰러져 가고 있었다.

더 물러서야 했다.

아니, 도망가야 했다.

살짝 뒤를 돌아보았다가, 교상번과 눈이 마주쳤다. 그는 잔뜩 화가 난 얼굴이다.

그리고 송 당주가 이쪽으로 오고 있었다.

뒤로 갈 수도 앞으로 갈 수도 없었다.

지금 뒤로 도망쳤다가는 정말로 대공자에게 끝장나는 수가 있었다.

자신이 아무리 대공자의 인척이라고는 하지만 그것도 아무 소용이 없을 것 같았다.

관도는 적당히 넓었다.

그래서 홍원이 더욱 날뛸 수 있었다.

정막호는 어찌해야 하나 망설이는 사이, 자신을 향해 날아오는 주먹을 보았다.

"히끅."

깜짝 놀라 딸꾹질이 나온다 싶은 순간 둔중한 충격이 얼굴을 강타했다.

"크헉."

절로 비명이 터져 나왔다.

다른 이들은 비명도 지르지 못하고 쓰러졌건만, 정막호는 달랐다.

이어서 복부를 꿰뚫는 듯한 날카로운 충격.

오늘 아침에 먹은 모든 것이 역류해 입을 통해 쏟아져 나왔다.

정막호가 억울한 얼굴로 홍원을 쳐다보았다.

다른 모든 이들은 한 방에 쓰러졌는데, 자신은 두 방이라니.

'왜, 왜 나만⋯⋯.'

그 얼굴에는 원망이 가득했다.

이유야 뻔했다.

이 모든 사달의 원인 제공자가 그 아니었던가. 홍원은 그의 얼굴을 똑똑히 기억했기에, 적당한 힘으로 최대한의 고통을 주며 그를 두들기고 있었다.

이미 다른 이들은 모두 쓰러졌다.

홍원이 일부러 그를 최후까지 남겨두었기에 가장 뒤에서 말도 안 되는 고민을 할 수 있었던 것이다.

그의 모든 행동은 이미 홍원이 모두 지켜보고 있었다.

홍원의 주먹과 발이 정막호를 두드렸다. 얼굴은 알아볼 수도 없을 정도로 변했다.

마지막 일격이 정막호의 명치를 두들기는 순간, 그는 정신을 잃고 앞으로 쓰러졌다.

그가 잔뜩 게워놓은 토사물 위로 그대로 떨어졌다.

홍원이 가만히 시선을 돌려 앞을 바라보았다.

그곳에는 자신의 창으로 기수식을 취한 채 있는 송화독이 있었다.

"의외로군?"

홍원은 진심으로 놀란 듯 말했다.

자신이 다른 이들을 쓰러뜨리는 동안의 사각을 노려 기습할 것으로 생각했기 때문이다.

물론 홍원의 감각은 송화독의 움직임을 한 치도 놓치지 않고 있었다.

만약 송화독이 기습을 했다면, 그 역시 여기 쓰러져 있는 무수한 사람들 중 한 명이 되었으리라.

"잔재주는 통하지 않을 것 같소만."

홍원의 질문의 의미를 알아들었다는 듯 송화독이 말했다.

그의 목소리는 딱딱하게 굳어 있었다.

그냥 보아도 알 수 있었다.

자신은 눈앞에 있는 남자의 상대가 되지 못한다. 그럼에도 싸워야 한다.

자신의 뒤에는 자신이 모시는 주군이 있으니까.

그의 창에 창강이 어리기 시작했다.

홍원은 가만히 그를 마주 보았다.

창을 사용하는 적이라니, 흥미가 동했다. 자신도 창법을 익히려 노력했던 날들이 있었기에 그랬다.

"잠시 어울려 볼까?"

홍원이 한 발 앞으로 나섰다.

여전히 홍원은 적수공권이다. 허리에 덜렁거리는 검은 그저 장식 같아 보였다.

송화독의 시선이 잠시 홍원의 검에 닿았다. 이내 고개를 흔들었다.

눈앞의 적은 굳이 검을 뽑지 않아도 자신보다 강했다. 그걸 인정해야 한다. 그저 자신은 자신이 할 수 있는 전력을 다할 뿐이다.

송화독이 자신의 창을 세차게 찔렀다.

공기를 찢어발기며 쏜살보다도 빠르게 홍원을 향해 날아갔다.

노란빛을 띠는 강기가 창보다 앞서 날아온다.

홍원은 손을 뻗어 강기를 쳐냈다. 어느새 홍원의 손에는 새하얀 강기가 맺혀 있었다.

두 사람이 어울렸다.

송화독은 어지러이 창을 찔렀다.

사일창이라는 별호에서 알 수 있듯이 그의 창법은 특히 강맹하고 빠른 찌르기가 일절이었다.

홍원은 그 찌르기를 막고 피하며 송화독을 상대했다.

사혈궁 백대고수라 하면, 무림에서 당당히 행세할 정도의 강자다.

그런 강자의 창법을 상대하는 것이 상당히 재미있었다.

홍원은 잠시 이 싸움이 어떻게 벌어진 것인지 잊고 송화독과의 싸움에 빠져들었다.

자신이 창을 휘둘러 보았기에, 더욱 신이 났다.

줄기줄기 이어져 나오는 강기의 향연이 펼쳐졌다.

하얀빛과 노란빛이 절묘하게 어우러지며 허공에 그림을 그리고 있었다.

단리유화는 멍한 얼굴로 그 모습을 지켜보았다. 머릿속 한 곳이 계속 간질거린다.

두 고수의 싸움이 단리유화에게 또 다른 영감을 주고 있었다.

교상번은 핼쑥한 얼굴로 그 모습을 바라보았다.

자신이 이끌고 온 수하들 모두 홀로 쓰러뜨렸을 때 알아보았지만, 이건 강해도 너무 강했다.

송화독과 대등하게 싸우다니.

아니, 보이기에만 그리 보인다는 것을 교상번도 잘 알고 있었다.

송화독은 이를 악물고 전력을 다해 창을 뻗고 있지만, 저놈은 여유로운 얼굴로 산책 나온 듯이 사뿐사뿐 움직인다.

이건 누가 봐도 알 수 있는 모습이었다.

"이제 슬슬 끝내도록 하지."

홍원이 낮게 말했다.

송화독은 입술이 터져라 이를 악물었다. 악다문 이가 그 힘을 감당하지 못하고 흔들거렸다.

"타핫!!!"

송화독이 자신이 펼칠 수 있는 최강의 초식을 펼쳤다. 송화독을 중심으로 서른여섯 개의 창강이 앞으로 뻗어 나갔다.

각기 다른 속도 다른 방위를 점하고 있었다.

천강사일(天罡射日).

송화독이 펼칠 수 있는 그의 최후 최강의 절초다.

홍원의 눈에 이채가 어렸다.

이 초식은 지금까지와는 달랐다.

그저 가볍게 상대하는 것은 전력을 다해 최고의 절초를 펼친 상대에 대한 예의가 아닌 듯했다.

어떤 이유로 싸우게 되었고, 그 성정이 어떠했든, 지금은 전력을 다해 자신을 상대한 적에 대한 예우를 해주고 싶었다.

스르릉.

흑운이 검집에서 그 모습을 드러냈다.

은빛의 옷을 입은 흑운이 정확히 서른여섯 번 움직였다.

각기 다른 방위와 속도로 불규칙적으로 날아오는 모든 창강을 쳐냈다.

그리고 서른일곱 번째 움직임.

홍원은 검면으로 송화독을 후려쳤고, 그는 그대로 쓰러졌다.

이제 사혈궁에서 남은 이는 교상번 단 하나였다.

홍원은 흑운을 손에 쥔 채 천천히 교상번을 향해 다가갔다.

"으으……"

그는 몸을 떨고 있었다.

홍원은 교상번의 일 장 앞에 이르러 걸음을 멈췄다.

그리고 가만히 그를 바라보았다.

"힘이 곧 법이다."

"……"

"네 녀석이 조금 전에 나에게 한 말이다."

"……"

교상번은 아무 말이 없었다. 그저 사시나무 떨듯 떨고 있을 뿐이다.

"자아, 이제 누가 법일까?"

"네, 네놈이 이러고도 무사할 것 같으냐?"

교상번은 떨리는 목소리로 악을 쓰며 외쳤다. 하지만 홍원은 아랑곳하지 않았다.

"판결은 내가 내려야 할 것 같은데?"

"으으⋯⋯."

홍원이 다가가자 교상번은 주춤주춤 물러섰다. 홍원은 가만히 그 모습을 지켜보았다.

비루한 그 모습을 두 눈에 담아두고 있었다.

힘이 곧 법이요, 정의라는 무림의 생리가 지금 두 눈 앞에 그 민낯을 드러내고 있었다.

"무어라도 좀 해보는 게 어때?"

홍원의 말에 교상번은 이를 악물었다. 명백한 조롱이다. 교상번도 그 사실을 잘 알았다.

하지만 자신은 저기 쓰러져 있는 송화독에 비해서도 한참이나 처지는 실력이다.

자신이 덤빈다고 바뀔 것을 없었다.

하지만 억울했다.

대사혈궁의 대공자인 자신이, 근본도 모르는 저딴 놈에게 이런 수모를 당하다니.

그 순간 분노가 공포를 뛰어넘었다.

"타핫!"

어느새 자신의 창을 꽉 쥐고는 홍원을 향해 달려들었다.

혈혈무극귀혼창(血血無極鬼魂槍).

사혈궁주 교중학의 독문 창법이 교상번의 손끝에서 펼쳐지고 있었다.

무림오천존 중 일좌의 창법이다.

하지만 그 경지가 낮았다.

교상번은 아직 혈혈무극귀혼창의 웅혼한 위력을 모두 펼치기에는 역부족이었다.

허점 투성이였다.

요소요소에 기운의 맥이 끊겨 있었다.

교상번의 나이를 생각하면 제법 훌륭한 성취였으나, 그 상대가 홍원이었다.

후기지수들 중에는 어느 정도 실력이 있다 하겠으나, 아직 멀었다.

아직 강기조차 피어 올리지 못하고 있었다.

흑운이 가볍게 움직이며 교상번의 창을 네 조각으로 잘랐다.

뛰어난 명장이 심혈을 기울여 만든 명창(名槍)이었으나 너무나 쉽게 잘려 나갔다.

교상번은 텅 빈 손을 부들부들 떨며 홍원을 바라보았다.

그의 얼굴은 새하얗게 변해 있었다.

교상번에게 천천히 다가가던 홍원이 걸음을 멈추고는 고개를 갸웃거렸다.

'과연. 숭무련이라는 건가… 아니, 이곳은 제 집 앞마당이라

는 거겠지.'

멀리서 이곳으로 오고 있는 이들의 기척이 느껴졌다.

교상번이 길을 막고 있는 바람에 이곳을 지나간 사람은 하나도 없었건만 어찌 알고 이곳으로 오는 것일까.

무림 대회를 대비해 곳곳에 감시망을 펼쳐두었다더니 그 수완이 제법 대단했다.

하지만 이곳까지 당도하려면 아직 시간이 제법 남았다.

홍원에게는 충분한 시간이었다.

"아까 날 어쩌겠다고 했더라?"

"으으으……."

교상번은 겁에 질린 신음만 흘릴 뿐이다.

"자근자근 밟아주겠다고 했던가?"

홍원의 눈을 마주한 교상번은 다시금 주춤주춤 뒤로 물러났다. 헛된 움직임이다.

"그게 네 판결이었지. 힘이 곧 법이라고 한 네놈의 판결."

홍원이 한 발자국 앞으로 다가갔다. 교상번은 세 발자국 뒤로 물러났다.

"나도 네 판결을 존중하도록 하지. 자근자근 밟아주마."

홍원의 발이 번개같이 교상번의 발목을 훑고 지나갔다.

"아악!"

양 발목이 부러지며 교상번은 그대로 바닥에 쓰러졌다. 고통에 찬 비명이 터져 나왔다.

그가 언제 이런 고통을 겪어봤을까.

홍원의 발이 그의 오른쪽 정강이를 꾸욱 밟았다.

빠각!

뼈가 부러지는 소리가 요란하게 울린다.

"크아아아악!"

교상번이 입이 찢어져라 벌리며 비명을 질렀다. 눈이 뒤집혀 흰자위가 가득했다.

다음은 왼쪽 정강이였다.

빠각!

다시 한 번 울리는 소리.

"으으으으……."

고통이 너무 심한 탓인지, 온몸을 부들부들 떨며 신음을 흘렸다.

정신이 절반 정도는 나간 것 같은 모습이다.

"자근자근 밟는다는 게 어느 정도지? 그것까지는 듣지를 못했어."

차가운 목소리로 홍원이 물었다.

"네놈의 방법을 알았어야, 그대로 해줄 텐데. 아무래도 그냥 내 생각대로 해야겠어."

말을 마친 홍원의 발이 다시 움직였다.

말 그대로 홍원은 교상번의 사지를 천천히 밟았다.

뼈가 부러지는 소리가 요란하게 울린다.

교상번에게는 자신의 뼈가 부러지는 소리가 천둥보다도 크게 들렸다.

기실, 단리유화에게조차 들리지 않을 정도로 작은 소리다.

"으윽… 윽… 허헉."

홍원이 교상번에게서 한 발 물러섰을 때.

교상번의 사지 중 성한 곳은 없었다. 고통에 찬 신음과 숨소리만 가득했다.

너무 과한 고통이 통증을 지운 것일까?

교상번은 표독스러운 눈으로 홍원을 노려보았다.

"네, 네놈이 감히 대사혈궁의 대공자인 나를 이 꼴로 만들고 무사할 것 같으냐!"

어디서 그런 악이 나왔을까.

아니면 고통에 미친 것일까. 눈에 보이는 것이 없는 것일까.

바닥에 누워 꼼짝도 못 하는 교상번이 목소리만은 크게 홍원에게 외쳤다.

"그럼 그냥 죽일까?"

홍원의 짧은 물음.

교상번의 입이 닫혔다.

그랬다. 사지 온전한 곳 없이 망가졌지만, 아직 숨은 붙어 있었다. 그리고 저놈은 교상번 자신을 죽일 생각이 없는 듯했다.

"이건 네놈 판결이야. 그걸 난 네놈에게 돌려준 거다. 지금 힘이 있는 건 나고, 고로 내가 법이니까. 아까 네놈이 날 죽이겠다고 했으면, 지금 네놈은 이미 죽었어."

홍원이 스산한 목소리로 낮게 말했다.

"히끅."

스산한 목소리와 함께 덮쳐온 살기에 교상번은 딸꾹질을 했다. 그러다가 이내 정신을 차렸다.

자신이 죽지 않는다는 사실을 알자 다시금 독기가 차올랐다.

"네놈, 네놈 절대 가만두지 않는다! 대사혈궁의 모든 힘을 동원해서라도 네놈을 내 앞에서 벌레처럼 기게 만들겠어!"

"지금 벌레처럼 기고 있는 건 네놈이다만?"

"크윽."

홍원의 적나라한 지적에 교상번은 입술을 깨물었다. 입술이 터져 피가 흘렀다.

"네놈, 꼭 복수할 거다. 절대 가만 안 둔다."

교상번은 다시 외쳤다. 홍원은 그런 교상번을 내려다보며 물었다.

"그런데 너 나 알아?"

짧은 물음.

교상번은 홍원을 보았다. 몰랐다. 처음 보는 인간이다.

그런 인간에게 이렇게 당하다니.

"그럼 저기 저 여인은 알아?"

역시 몰랐다. 면사를 쓰고 있어 얼굴로 확인하지 못했다.

교상번은 아무런 대답도 하지 않았지만 홍원은 다 안다는 듯 말을 이었다.

"우리 둘이 누구인지도 모르는데, 어떻게 복수하겠다는 거지?"

홍원의 물음에 교상번은 몸을 떨었다.

그랬다. 복수를 하려면 찾아야 하건만 정체를 알 수가 없으니.

교상번의 시선이 한쪽으로 향했다.

그곳에는 자신의 토사물에 쓰러진 정막호가 있었다.

보나마나 저 빌어먹을 놈도 눈앞의 이 새끼의 정체를 모를 것이다. 어젯밤의 사소한 시비가 붙은 인물의 정체를 어찌 알겠는가.

'저놈은 내가 반드시 찢어 죽인다.'

가만 생각해 보니 지금의 이 모든 사달의 시작은 정막호 저놈이었다. 할머니고 이모할머니고 눈에 들어오지 않았다.

궁에 돌아가고, 몸이 낫는 대로 저놈에게 지옥을 보여줄 것이다. 지금 자신이 당한 치욕의 백배 천배는 돌려줘야 분이 풀릴 것 같았다.

그건 나중의 일이다.

지금 눈앞의 일은 따로 있었다.

교상번은 사납게 눈을 치켜뜨고 홍원을 노려보았다.

"네놈, 얼굴을 내가 똑똑히 기억했다. 반드시 찾아낼 것이다!"

홍원은 그런 교상번을 물끄러미 바라보았다.

"눈을 찌르고, 혀를 뽑고, 손을 잘라줄까? 그러면 내 얼굴은 죽을 때까지 네놈만 알 거 같은데?"

홍원의 물음에 교상번은 온몸을 부들부들 떨었다.

"네, 네놈 말이 다르지 않느냐! 내 판결대로 나를 다뤘다면, 이걸로 끝이어야 하지 않느냐!"

깜짝 놀란 교상번이 발악하며 외쳤다. 그 말에 홍원이 피식 웃었다.

"네놈이 할 말은 아닌 것 같다만?"

성안에서는 괜찮다고 하고서는 관도에서 수하들과 길을 막고 기다린 교상번이 아니던가.

그 말에 교상번은 할 말이 없었다.

자신의 처분은 고스란히 눈앞의 저 빌어먹을 놈의 손에 달려 있으니.

"뭐, 굳이 그럴 생각은 없으니 걱정 마."

생각보다 반응이 재미있는 녀석이었다.

홍원은 교상번을 향해 한 발 더 나아간 다음에 쪼그려 앉아 얼굴을 가까이 들이댔다.

"자. 똑똑히 기억해 두라고, 이 얼굴을."

"무, 물론이다."

교상번이 외쳤다.

"그런데 이 얼굴이 내 얼굴이라고 누가 그래?"

홍원의 물음과 함께 얼굴 근육이 천천히 움직이면서 변화했다.

눈이 더욱 찢어져서 갸름해지고, 턱이 앞으로 튀어나왔다. 그리고 양 볼에 투실투실 살이 올랐다.

"그, 그건……."

교상번의 두 눈이 세차게 떨렸다.

지금 저놈이 보여주는 모습.

교상번도 알고 있는 무공이다.

"화, 화, 환사역혈변안공(幻邪逆血變顔功)……."

떨리는 목소리로 중얼거렸다.

"네, 네놈. 어디서 보낸 자객이냐… 누가 날 노리는 거지? 부궁주냐?"

교상번이 발악하며 외쳤다.

지금까지는 단순한 시비라 생각했는데, 저 무공을 보고 나니 생각이 달라졌다.

어쩌면 의도적으로 자신을 노리고 접근한 것일지도 모른다는 생각이 든 것이다. 자신을 죽이지 않는 것은 의문이지만, 이미 반폐인을 만들어놓았다.

궁으로 돌아간다고 예전과 같이 완전히 회복을 할 수 있을지 없을지 모르는 상황.

자신을 이렇게 만들어 후계자 싸움에서 도태시키려는 고난도의 전술일지도 몰랐다.

그의 그런 모습에 홍원은 피식 웃으며 물었다.

"그런데 안 아파?"

그러면서 지풍을 날렸다.

구타의 말미에 통증이 줄어들도록 짚은 혈을 풀었다.

"으… 으아아악!"

갑자기 다시 찾아온 통증에 교상번은 비명을 질렀다.

교상번의 커다란 비명 때문인가. 이곳으로 오고 있던 자들의 속도가 빨라짐을 느낄 수 있었다.

"그럼, 편히 쉬라고."

홍원의 마지막 일격으로 교상번은 정신을 잃었다.

"그럼, 이만 가지."

홍원이 단리유화를 보고 말하고는 훌쩍 몸을 날렸다.

지금까지의 모든 것을 멍한 얼굴로 지켜보던 단리유화는 재빨리 몸을 날려 홍원의 뒤를 따랐다.

두 사람은 경공을 펼쳐 빠르게 그 자리를 벗어났다.

단리유화는 아무 말이 없었다.

홍원은 조금 전의 상황을 다시 떠올렸다.

교상번이 자신의 얼굴을 똑똑히 기억하겠다고 외친 순간, 홍원은 내심 난감했다.

사혈궁이 성현성에 붙여놓은 죽림의 수배지도 보지 않았던가.

사혈궁에서 자신의 초상화를 그려 세력권 내 곳곳에 수배를 건다면 상당히 곤란한 상황이 펼쳐질 수 있었다.

성현성까지가 사혈궁의 세력이었고, 읍성은 바로 그 지척이다. 성현성에 수배지가 붙는 순간, 자신의 얼굴을 알아볼 사람이 분명 나올 테니까.

그 순간, 교상번을 죽여야 하나 갈등했다.

그리고 그때, 심상에 다시금 거대한 도가 솟아오르며 한 가지 무공이 자연스레 떠올랐다.

은월을 심문할 때와 비슷하면서 다른 상황이었다. 그때는 자연스레 기억이 떠올랐다면, 이번에는 커다란 도와 함께 떠오른 기억이었다.

환사역혈변안공.

사령탈혼술과 마찬가지로 사혈궁의 무공이었다. 이것은 사혈궁의 장서고에서 얻은 무공이었다.

교상번이 그 모습을 보고 놀란 이유가 그것이다.

그래서 사혈궁에서 은밀히 보낸 자객이라 생각한 것이다. 조금만 생각하면 말도 안 되는 일이라는 것을 알 수 있지만, 교상번의 상태가 정상적이지는 않았다.

일순간 감당할 수 없는 상황이 너무나 많이 벌어졌기에 판단력이 흐려진 것이다.

어쨌든 그 덕분에 그 상황을 넘길 수 있었다.

환사역혈변안공을 두 눈으로 본 이상, 교상번은 어떤 모습이 상대의 진짜 모습인지 알 수 없을 테니까.

자신이 보고도 믿지 못할 것이다.

더군다나 자객이라는 오해까지 했으니, 당시 자신의 얼굴이 절대 본모습이 아니라고 생각할 것이다.

'그나저나 왜 이런 무공까지 알고 있는 거지? 익히기까지 하고.'

홍원은 꿈을 모두 기억하고 있다고 생각했건만, 그렇지 않은 듯했다.

꿈에 대한 생각을 조금은 수정해야 할 필요가 있을 것 같았다.

심상에 떠오른 도와 그와 함께 떠오른 새로운 기억.

풀려가는 것은 극히 적은데, 풀어야 할 일은 계속해서 쌓여가고 있었다.

두 사람은 빠르게 경공을 펼쳤다.

홍원이 무공을 드러낸 이상, 천천히 움직일 이유가 없었다. 길을 아는 이는 단리유화였기에 그녀가 앞장서 달렸다.

가는 동안 단리유화는 아무런 말이 없었다.

묻고 싶은 것이 잔뜩 있을 텐데 그녀는 입을 꾹 다물고 있었다.

단리유화의 뒤를 따르며 홍원은 고개를 갸웃거렸다.

기억에 있는 길이었다.

'이곳은 분명……'

신도운악의 암살 의뢰를 받았던 장소로 가는 길이었다.

이윽고 도착했다.

홍원의 생각대로였다.

그곳은 홍원이 단리유화와 단리유철을 만나 의뢰를 받았던 장소였다. 그리고 성공 보수를 받기로 했던 곳이기도 했다.

'그렇다면 남의 돈이라는 것이?'

홍원은 이제야 성공 보수에 대해 떠올렸다.

"대체 무슨 생각으로 절 농락한 거죠? 죽림."

그때, 단리유화가 몸을 돌려 홍원을 바라보며 물었다. 그녀의 얼굴은 딱딱하게 굳어 있었다.

『홍원』 4권에 계속…

이제부터 전자책은

이젠북

www.ezenbook.co.kr

새로운 세계가 열린다!

김재한 『성운을 먹는 자』 　철백 『대무사』
니콜로 『마왕의 게임』 　가프 『궁극의 쉐프』
이경영 『그라니트:용들의 땅』 　문용신 『절대호위』
탁목조 『일곱 번째 달의 무르무르』 　천지무천 『변혁 1990』
강성곤 『메이저리거』 　SOKIN 『코더 이용호』

이름만 들어도 황홀할 정도의 별들의 향연!
이들의 "유료연재"가 시작됩니다!

검색창에 **이젠북**을 쳐보세요! ▼

초대형 24시 만화방

신간 100%, 샤워실, 흡연실, 수면실(침대석), 커플석, 세탁기 완비

▪ 시흥 정왕25시점 ▪

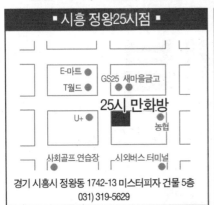

경기 시흥시 정왕동 1742-13 미스터피자 건물 5층
031) 319-5629

▪ 강북 노원역점 ▪

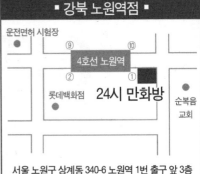

서울 노원구 상계동 340-6 노원역 1번 출구 앞 3층
02) 951-8324 (화용빌딩 3층)

▪ 일산 정발산역점 ▪

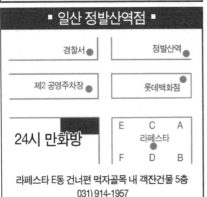

라페스타 E동 건너편 먹자골목 내 객잔건물 5층
031) 914-1957

▪ 일산 화정역점 ▪

경기도 고양시 덕양구 화정동 984번지 서일빌딩 7층
031) 979-4874 (서일사우나 건물 7층)

▪ 부천 역곡역점 ▪

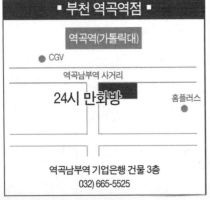

역곡남부역 기업은행 건물 3층
032) 665-5525

▪ 부평역점 ▪

(구)진선미 예식장 뒤 한신포차 건물 10층
032) 522-2871

보신제일주의

FANTASTIC ORIENTAL HEROES

김용진 新무협 판타지 소설

황실 다음가는 권력을 지녔다고 하는
천문단가(千文團家)에서 오대독자가 태어났다.
그리고 그 아이는 튼튼하게 자라났다.
…굉장히 튼튼하게.

『보신제일주의』

"다 큰 어른들도 하기 힘들어하는 수련인데
공자께서는 요령도 피우시지 않는군요. 대단합니다."

"건강하게 오래 살려면 해야 하는 일이니까요."

취미는 삼 뿌리 씹기, 약탕기는 생활필수품!
그리고 추구하는 건 오로지 보신(保身)!
하지만… 무림의 가혹한 은원은 피할 수 없다.

"각오완료(覺悟完了)다. 살아남아 주마!"

Book Publishing CHUNGEORAM

유행이 아닌 자유추구 -
WWW.chungeoram.com

고검독보

천성민 新무협 판타지 소설

FANTASTIC ORIENTAL HEROES

강남 무림을 일대 혼란에 빠뜨린 마라천.
그들을 막아선 것은
고독검협(孤獨劍俠)이라 불린 일대고수였다.

마라천이 무너지고 난 후,
홀연 무림에서 모습을 감춘 고독검협.

그리고 수 년······.

그가 다시 무림으로 나섰다.
한 자루 부러진 녹슨 검을 든 채로······!

Book Publishing CHUNGEORAM

유행이 아닌 자유추구 -
WWW.chungeoram.com